新　潮　文　庫

モルグ街の殺人・黄金虫

—ポー短編集II　ミステリ編—

エドガー・アラン・ポー
巽　　孝　　之訳

新　潮　社　版

8690

目次

モルグ街の殺人・黄金虫

ポー短編集Ⅱ　ミステリ編

モルグ街の殺人

海の精セイレーンがどんな歌を歌ったのか、または英雄アキレスが女性たちのなかに身を潜めているときどんな名前を騙《かた》ったのかは、むずかしい問いかもしれないが、しかしまったく推測不能というわけでもない。

——サー・トマス・ブラウン

知的能力のうちでも分析力として語られるものは、それ自体では、ほとんど分析されることがない。わたしたちにわかるその発露は、分析力の効用にすぎないからである。そのいちばんの特徴として言えるのは、分析力というのがその持ち主にとっては、とりわけ絶大なる分析力の持ち主にとっては、何よりも血湧き肉踊る娯楽の源になっているということだ。屈強なる人間だったら筋骨隆々たる肉体そのものの能力を誇るいっぽう、分析的なる人間はといえば、ものごとを解きほぐす知性の能力こそ自慢の種となる。彼は自分の才能を見せびらかすためだったら、どんなに些細《ささい》なことからも楽しみを見出《みいだ》す。分析家のお気に入りは謎《なぞ》であり難問であり暗号だ。それぞれを解き明かしながら示す鋭敏なる洞察力は、並の知性の持ち主には自然の理《ことわり》をはみ出た知性の働きとしか思われない。分析家の引き出す結論だけを取ってみれば、その核心があくまで方法論的なものであるにもかかわらず、じっさいのところ直観の産物であるかのような雰囲気が全体に漂っている。

問題解決の能力を大いに磨いているのはおそらく、数学的研鑽《けんさん》とともに、わけてもその最たるものであり、不適切ながらも、たんに逆転的論理展開を有するがために特に「解析学」と呼ばれてきた機能であろう。しかし計算することはそれ自体では分析することにはならない。たとえばチェスを差す者は、計算はしても分析など試みもしない。すなわち、チェス・ゲームというのが知性にどんな効果をもたらすものか、ずいぶん誤解されているということである。ここでわたしは論文を書こうとしているのではなく、ただ折々に試みた観察を元手に織りなすいくぶん奇妙な体験記の序文を綴《つづ》っているにすぎない。それゆえ、この場を借りて主張したいのは、より高次の内省的知性がもたらす力というのが決定的かつ有効に決まるのはチェッカーのように地味なゲームによってであり、チェスのように小賢《こざか》しいゲームではないということだ。チェスの場合は、駒《こま》ひとつひとつが異なる奇妙な動きを割り振られており、多様にして不定の価値を伴うため、たんに複合的にすぎないものがいかにも深遠なものであるかのように誤解されることがある（それはよくあるまちがいにすぎない）。ここでは注意力をこそぞんぶんに活用しなくてはならない。ちょっとでも注意を怠れば、たちまち見落としが生じ、こっぴどく負けることになる。駒をどう動かすかは多彩なだけではなく複雑なので、見落とす可能性のほうも多種多様。だから勝利を収めるのは十中八

九、洞察力に富んだ者より集中力に富んだ者のほうだ。対照的にチェッカーのほうは、駒の動かし方が独自とはいえさほど変化に富むわけではないので、そもそも注意散漫にはなりようがないし、たんなる注意力というのはどちらかといえば動員されぬままに終わり、どちらかが有利に駒を進めるとすれば、それはむしろ卓越した洞察力の賜《たま》物《もの》となる。もうすこしわかりやすく言い換えるなら、たとえばチェッカーで駒が四つのキングだけとなり、当然ながらいっさいの見落としが起こりようもなくなったと考えてみるとよい。この場合、ゲーム参加者の条件が同等として、勝利の秘訣《ひけつ》はいかに深遠なるかたちで駒を進めるか、いかに知性を強力に発揮してみせるかにかかっている。通常の手がかりがいっさいないところで、分析家は敵対者の精神めがけて飛び込み、相手と同調することにより、往々にして、相手に失敗させ誤算させる唯一《ゆいいつ》絶対の方法（それも時として不条理なほどに単純明快な方法）をたちどころに見つけ出す。

　トランプの一種ホイストは、それが計算能力と呼ばれる力に影響するということで、長いこと評判だった。最高の知的能力を備える者たちは、このゲームに説明しがたいほどにのめりこんでいたようだったが、いっぽうでチェスのようなゲームは軽佻浮薄《けいちょうふはく》なものとして遠ざけていた。かくも分析能力を酷使する点で、唯一無比のゲームであることに疑いはない。キリスト教世界においてチェスをきわめれば、それはそのまま、最高のチェス・プレイヤーになったということを意味するかもしれない。ところがホイストというゲームに関する限り、そこで熟練するということは、知性と知性が戦うたぐいの重要なる営みすべてにおいて頂点をきわめることになるのだ。たったいまわたしは「熟練」と言ったが、それは、どうやったら然《しか》るべき利点を引き出せるか、その源泉のすべてを理解しなければ始まらないゲームに長《た》けているということを意味する。しかもこうした源泉は多様なだけでなく多形であり、往々にして通常の理解の及ばぬ思考の窪《くぼ》みに潜む。注意深く観察するというのは、明瞭《めいりよう》に記憶するということなのだ。そして、これまでのところ、集中力に富むチェス・プレイヤーはみな、ホイストでも好成績を収めている。いっぽう、エドモンド・ホイル卿《きよう》が定めた室内遊戯の法則（それ自体が、まさにこのゲームのメカニズムに準拠するものだ）のほうは、十分かつ一般的にもわかりやすい。記憶力がよいばかりかルールを守ることができるという美徳には、ゲームで勝ち抜く秘訣が集約されている。ところがじつは、まさにそうしたルールの限界を超えた水準において、分析家は技量を発揮するのだ。分析家は沈黙を守りつつも、ありとあらゆる観察を成し推論を組み立てる。対戦相手も同じこと。その結果、入手した情報の程度がちがってくるのは推論の妥当性というより観察の性質いかんに因《よ》る。必要不可欠なのは、いったい何を観察すべきかに関する知識なのだ。

自分自身を制約することもなければ、ゲームが対象なのだから、ゲーム外部の条件から演繹《えんえき》することも厭《いと》わない。自らのパートナーの表情を吟味したうえで、対戦相手たちの表情とじっくり見比べる。各々《おのおの》が手にするカードの分け方を観察し、切札や最高の役札が回ってきたときに各人がそれぞれのカードを見つめるまなざしをも、しばしば考慮に入れる。ゲームが進むにつれて表情が変わってくるのに注目して、各人がさまざまな表情のうちに、自信をうかがわせたり、驚きを隠さなかったり、勝利に輝いたり、悔しくて地団駄踏んだりしているのを見抜くと、そこから考えをめぐらすのだ。勝札を集めて手にする身振りから、相手が同じ組でもう一回勝つことができるかどうかを判断する。テーブルの上で何が取り交わされるか、その雰囲気から、相手が牽制《けんせい》をかけてくるときの真意を見出す。それは何の気なしに零《こぼ》れた言葉であったり、ふとカードを落としてしまったときの、あるいはカードを傾けてみせたときの素振りであったりするが、そんな隠蔽《いんぺい》工作には必ず、何らかの懸《け》念《ねん》や不注意がつきものだ。勝札を順番どおりに数えて行く素振りには困惑や躊躇《ちゅうちょ》、切望や狼狽《ろうばい》といった表情が露呈するもので、分析家はたちどころに直観を働かせ、それぞれの手の内がほんとうのところどうなのかを掌握してしまう。最初の二回戦、三回戦が終わるころにはもう、各人の手の内をすっかり把握し、しかるのちに確固たる目的意識をもって自分のカードを出していく。あたかも、ほかの参加者たちのカードの中身などぜんぶお見通しだとでも言わんばかりに。

分析力を独創性と混同してはならない。というのも、分析家は必然的に独創的だが、だからといって独創的な人間ならばみんながみんな分析力に富むかといえば、そうとは限らないからである。構築力あるいは結合力のうちにこそ独創性があらわれるもので、骨相学者たちはそうした能力は原始的なものだという前提から（おそらくは誤って）独立した身体器官を想定してきたが、しかしじっさいのところは知的なのか白痴なのかわからないような人間のうちにこそちょくちょく発現するため、これまで人間心理に興味をもつ書き手たちが大いに注目してきたものである。独創性と分析力のちがいは空想力と想像力のちがいなど及びもつかないほどに大きいが、にもかかわらず相当に類比可能な性質をもつ。げんに独創性というのはたえず空想的なもので、真に優れた想像力というのは分析的なものにほかならないということが、やがて判明するだろう。

以下の記録は、以上に開陳してきた理論的前提をめぐるひとつの注釈めいたものとして読まれるかもしれない。

時は一八――年の春から夏にかけて、パリに暮らしていたわたしは、C・オーギュスト・デュパンという人物と知り合った。この若き紳士はまことに端倪《たんげい》すべからざる名家の出身ではあったが、さまざまな紆余《うよ》曲折を経て没落の一途を辿《たど》り、現在の貧窮ときたら持てる力を振り絞ってもかなわないほど。かくしてデュパンは一念発起することも資産回復を図ることも断念せざるをえない、というわけなのだった。とはいえ、いまなお数名の債権者がいるおかげで、世襲財産のうちほんの一部分はまだ所有していたため、彼は厳格なる経済観念にもとづき、そこから収入を得ては贅沢《ぜいたく》品ならぬ生活必需品を何とか確保していた。書物だけが贅沢品であり、ここパリでは容易に調達することができた。

彼と最初に出会ったのはモンマルトル街の名もない図書館で、偶然にも同じ稀覯《きこう》本を探していたのがきっかけで、たちまち親しくなったのである。以来、何度も何度も会うようになった。とりわけ興味深かったのは、デュパンが詳述する彼の家族史であり、そのときの虚心坦懐《たんかい》ともいえる語り口は、自身を主題にするときのフランス人特有のものであった。さらに驚嘆したのは、彼の莫大《ばくだい》な読書量である。そしてとりわけわが魂に火をつけたのは、デュパンのめらめらと燃えるような、そして生き生きと鮮やかな想像力であった。パリでちょうど探しものをしている折も折、こんな人物と知り合いになれるとは、それだけでもう至高の宝であった。この気持ちをわたしは率直に彼に向かって打ち明けたものである。そしてとうとう、わたしのパリ滞在中は、彼と一緒に暮らすことに決まった。わたしの現実的な暮らし向きはデュパンに比べたらいくぶんましだったので、家賃を負担するばかりか、われわれふたりに共通する暗く幻想的な気質にぴったりの内装も施した。その対象になったのは、古色蒼然《そうぜん》たるグロテスクな屋敷である。われわれの関知しない迷信がおびただしく取り憑《つ》いてきたがため長いこと放置されてきたらしく、郊外はサン・ジェルマンの人里離れた一角に建つ、それはいまにも倒壊しそうな屋敷であった。

この屋敷におけるわれわれふたりの日常生活が公《おおやけ》になれば、いくら無害ではあっても、おそらくは狂人の暮らしともみまごうものだったにちがいない。この隠遁《いんとん》生活は完璧《かんぺき》であった。誰ひとり訪問してくる者もいない。じっさい、どこに引きこもっているかということ自体を以前の知り合い連中には極秘にしていたし、デュパンがパリで誰とも没交渉になってから、もう長い歳月が経《た》っていた。われわれふたりは、自分たちだけの生活を営んでいたのだ。

わが友人の奇想は（というよりほかに呼びようがない）、夜の女神それ自体に耽溺《たんでき》するたぐいのものであった。このグロテスクな発想は、これまでのデュパンの着想同様、わたしを魅了してやまない。彼のめくるめく奇想に、わたしはとことん身を任せた。漆黒の女神がたえずわたしたちとともに過ごすとは、とうてい思われない。けれども彼女の存在を捏造《ねつぞう》することはできる。屋敷で最初に夜明けを迎えるやいなや、わたしたちは邸内の重厚なる鎧戸《よろいど》という鎧戸を締めまくり、ろうそく二本ほどに火をつけた。強烈な香りとともに、グロテスクにして微弱きわまる光が広がる。このように舞台設定を整えると、ふたりはさまざまな夢想に浸り切った――本を読み文章を書き対話を続けて、気がつくと大時計が真の暗闇《くらやみ》の到来を告げていた。かくしてわれわれは腕と腕を組み、街路に繰り出し、その日の話題をさらにまくしたてたり、あるいは夜更《よふ》けになるまで遠出をしては、群衆に満ちみちたパリのめくるめく光と影のただなかに、静かなる観察によってのみ得られるあの永劫《えいごう》の知的興奮を探し求めたりしたものだ。

そんなときには、デュパンの豊かな想像力の背後に必然的に控えている特異な分析力を認め賞賛せざるをえなかった。彼もまた、分析力を駆使するのを――誇示するわけでなくとも――ひどく楽しんでいるようで、それがいかなる快楽をもたらすかを語ってやまない。彼が低い声でくすくす笑いながら豪語したところによると、自分にとってみればたいていの人間は胸に窓をぽっかり開けているとのことで、その前提を例証するのに、彼は友人であるわたし自身の詳細情報を、直接的かつ驚異的な証明で明らかにしてみせた。そのときのふるまいときたら、何とも冷静かつ超然たるものであった。瞳《ひとみ》の表情はうつろで、たいていは深いテナーで通る声が甲高い高音となり、思慮深く独特きわまる話しぶりでなかったら、怒声のように聞こえたろう。このようなデュパンを見るにつけ、わたしはしばしば昔の哲学で言う二重霊魂について思いを馳《は》せ、創造的なデュパンと分析的なデュパンから成る二重人格のことをあれこれ夢想してはおもしろがっていたものだった。

以上に述べてきたことから、わたしがひとつの超自然現象について詳述しているのだとか、伝奇小説《ロマンス》を執筆しているのだとか思ってもらっては困る。このフランス人について語ってきたのは、高揚せる知性、あるいは病める知性のもたらした帰結にすぎない。とはいえ、問題の時期に彼が残した見解の本質については、ひとつの実例を出すことで、いちばんよく理解してもらえるだろう。

ある晩、わたしたちはパレロアイヤル付近の長く汚い街路を散策していた。ふたりとも物思いにふけっているようすだったのだが、少なくとも十五分ばかりは、どちらも一音節として口にしなかった。するといきなり、デュパンがこんなふうに切り出したのである。

「あいつはほんとうにチビだからな、ヴァラエティーショーの演芸館が似合いじゃないか」

「うん、ほんとにそう思うよ」何の気なしに反応してしまったわたしは、最初のうちはまったく気づかなかった（それほどに深く物思いに沈んでいたのだ）、唐突に切り出したデュパンの話が自分自身の心の内とぴったり一致するなど、怪奇現象に等しいことを。すぐにわたしは気を取り直したが、このときの驚きは深かった。

「デュパン」と重々しく語りかける。「何だかよくわからないし、驚いたとも言いたくないんだが、いまのは聞き違いじゃないよね。いったいどうしてわかったんだ、ぼくが考えていた人間というのが——」ここでいったん中断したのは、ほんとうに彼がぼくの想定していた男についてわかっていたのかどうかを確認するためだった。

「シャンティイのことを考えていたんだろ」デュパンは答えた。「そうちゃんと言いたまえよ。君はあの役者が小柄なもんで悲劇には向かないと考えていたんだ」

図星だった。シャンティイはサン・ドゥニ街でもとは靴屋を営んでいた男で、演劇に夢中になるあまりにクレビヨンのいわゆる悲劇においてアケメネス朝ペルシアの王クセルクセスの役を演じたのだが、どんなに努力したところで、その演技はけちょんけちょんに貶《けな》されるばかりだったのだ。

「お願いだから教えてくれ」とわたしは叫んだ。「いったいどんな方法で——そもそも方法があるとして——ぼくの心を読んだんだ?」じっさいわたしは、言語を絶するほどに腰を抜かしていたのである。

「ヒントは果物売りだよ」とわが友は答えた。「あれを見て、君は靴の修理屋がクセルクセス王を演じるにはどうも背丈が足りないだの何だのといった結論に達したんだ」

「果物売りだって！　——これはこれはびっくりするようなことを言うなあ——そんな奴《やつ》にはお目にかかっちゃいないぜ」

「ぼくらがこの街路に入ったときに君にぶつかってきたのが、それさ。十五分ぐらい前かな」

そう言われて思い出した。たしかに頭の上にリンゴのぎっしり詰まった籠《かご》を乗せた果物売りがうっかり駆け込んできたのでぶつかり、わたしは危うく転倒するところだったのだ。そしてそれはたしかに、C—街からいま自分たちのいる街路へと向かう途上であった。しかしその事件がシャンティイとどう関係するのかは、まだよくわからない。

とはいえ、デュパンには人をカモにしようという風情《ふぜい》は、いささかもない。「説明しよう」と彼は言った。「きちんと理解できるようにふりかえるなら、まずは君の思考がどんな道筋を辿《たど》ったかを辿り直すには、まさにぼくが語りかけた時点から君が問題の果物売りと出くわした時点にまで、さかのぼらないといけない。さて、そこで浮かび上がってくる大きな物事の連鎖といえば、シャンティイ、オリオン座、天文学者ニコル博士、エピクロス、石切術《ステレオトミー》、街路の石、それに果物売りということになる」

人生のどこかで、自分自身の思考がいかに特定の結論に達したか、その歩みを辿り直すのを面白いと感じない者はほとんどいまい。この作業は往々にして興味津々《しんしん》なのだ。そして初体験であれば、出発点と到着点とのあいだにどう見ても埋めがたい距離があり不整合をきたしているのに愕然《がくぜん》とするだろう。だとすれば、フランス人デュパンの説明を聞いたときの、彼がたしかに真実を語っていると認めざるをえなくなったときの驚きようはいったいどんなものであったか。デュパンは語り続ける。

「もしぼくがちゃんと覚えているとすればだが、ぼくらはC―街を立ち去るときに馬の話をしていたよね。それが最後の話題だった。そのあと通りを横切ろうとしているときに、巨大なリンゴの籠を頭に乗せた果物売りがえらい勢いで駆け込んできてぼくらの脇《わき》を通り過ぎようとするまさにそのとき、君にぶつかり街路の舗石の山に突き飛ばしてしまったんだ。ちょうど舗道の修繕中だったんで、そこは舗石の集積地点にあたっていたんだよ。きみはばらばらの断片を踏みつけて足を滑らし、くるぶしを痛め、困惑したのか不機嫌なのか、ひとことふたこと呟《つぶや》いて、舗石の山に目をやると、押し黙ったまま再び歩き始めた。ぼくは特にきみの行動に注意していたわけではなかった。でも、最近はどうも観察癖がついちゃって。

君はずっと地面をみつめていたよね——拗《す》ねたような面持ちで舗装部分の穴や溝に目をやっていて（だからこそぼくには君がまだあの石のことを考えているのがわかったんだ）、そうこうしているうちにラマルタンなる横町に着いたんだが、そこの舗装は実験的で、たくさんの石をかぶせては鋲《びょう》でとめる方式だった。ここに来て君の表情がぱっと明るくなり、唇が動くのが見えて、ぼくには君がこの手の舗装に用いられるいささか気障《きざ》な名称『石切術』の一語を呟いたと確信した。そして、君が『石切術』とひとりごとを言うからにはまちがいなく原子の成り立ちに、ひいてはエピクロスの理論に思いを馳せていたろう。それに、わりと最近、君とこの話題を議論して、かの高貴なるギリシャ人エピクロスが手探りで思索していたことが最近の銀河宇宙発生論で確証されているのはとてつもない奇遇だが、しかしそのことがほとんど理解されていないとぼくが指摘したとき、君はオリオン座の大星雲を必ず見上げるだろうと思い、じっさいそうするものと予測した。そのカンは当たって、ぼくは君の思考の歩みを着実に追っているのを確信したよ。とはいえ、シャンティイに対しては皮肉屋の手になる激越な批評がきのうの『ムゼー』紙に出て、靴屋が悲劇に出るために改名したことについてこっぴどくやっつけ、しかもぼくらがちょくちょく話題にしているラテン語の詩行まで引用した。ほら、例の一行だよ。

最初の文字は本来の響きを失っている。

ぼくは言ったろう、この詩行はかつて『ユリオン』(Urion)と綴《つづ》った『オリオン』(Orion)を指しているんだ、と。そして、この説明はなかなか刺激的だったから、君には忘れようがないのもわかっていたよ。したがって、君がオリオンとシャンティイのふたつを結びつけないわけがない。げんに君が両者を結びつけていたのは、口元でにっこり笑っていたことからも明らかだ。君は哀れな靴屋がズタズタにされてしまったことを考えていたんだ。それまでの時点で、君は猫背気味に歩いていたが、このとき以来、シャキッと背筋を伸ばすようになったね。それを見て、小柄なシャンティイのことを考えているのはまちがいないと思ったよ。まさにこの瞬間だ、ぼくがきみの思考に介入して、じっさい彼、つまりシャンティイはほんとうにチビだから『ヴァラエティーショーの演芸館が似合いじゃないか』と口にしたのは」

ほどなくして、ぼくらふたりは『ガゼット・ド・トリビュノー』紙の夕刊を眺めていたが、そのとき以下のパラグラフに注目した。

「猟奇殺人——今朝三時ごろ、サン・ロック区の住民たちは、恐ろしい金切り声が立て続けに聞こえてきたため、目を覚ました。声が聞こえてきたのはどうやらモルグ街にある屋敷の四階で、そこの住人はレスパネー夫人とその娘カミーユ・レスパネー嬢のふたりだけ。ふつうに入ろうとすると不可能だったためいささか時間がかかるも、ついにカナテコで玄関をこじ開け、八名から十名の隣人たちにふたりの憲兵が伴い踏み込んだ。そのときにはもう叫び声は止《や》んではいたが、一団が二階へ続く階段を一気に駆け上るときには、二人かそれ以上の人間たちが怒って言い争い、声を荒らげているのが轟《とどろ》き、それはどうやら家の上方から聞こえてきている。二階の踊り場に到着したときにはその声も止んで、すべてが完璧なる静寂に還《かえ》った。一団は分散して部屋から部屋へと探しまわる。そしてとうとう、四階は家の裏手にある大きな部屋にたどり着くと(中から鍵《かぎ》のかかった密室だったので、無理矢理こじ開けて)、そこには目を覆《おお》う光景が広がっており、一同はみな、驚愕《きょうがく》とともに恐怖に打たれたのだった。

部屋は混沌《こんとん》をきわめていた——家具は壊され、あたり一面に散らばっていた。ベッドの枠組みはひとつだけ残っており、ベッド自体はそこから引きはがされ、床の中央へ放り投げられていた。椅子《いす》には血だらけのカミソリが置かれている。暖炉の上には長くふさふさした銀髪が二房、あるいは三房ほど見つかったが、それらも血だらけで、あたかも根こそぎもぎ取ったかのようであった。床に巻き散らされていたのは二十フラン金貨四枚（二〇〇九年現在で推定二十万円）とトパーズのイヤリング、大きな銀製スプーン三本、それよりは小さい合金スプーン三本、それにほぼ四千フラン相当（二〇〇九年現在で推定一千万円）の金貨が詰まった大きなバッグが二つ。片隅の衣装ダンスの引き出しはぜんぶ開け放たれ、荒らされたあとではあったが、にもかかわらずそこにはまだ多くの品が手つかずの状態だった。ベッドの下からは（ベッドの枠組みの下ではない）小さな鉄の金庫が発見された。開けっぱなしで、その鍵はいまも扉に刺さったまま。数葉の古い手紙や取るに足らない書類のほかには、大したものは入っていない。

レスパネー夫人がどこへ消えたのか、当初は跡形もなかった。しかし暖炉の中に尋常ならざる分量の煤《すす》が溜まっているので、煙突の内部を調べたところ（ああ、語るのも恐ろしい！）レスパネー嬢の屍体《したい》が逆立ちした格好で見つかったため、そこから引きずり出した。どうやらこの狭い煙突孔沿いに、ずいぶんな距離にわたって押し上げたものらしい。屍体はまだまだ温かかった。じっくり調べてみると、屍体にはおびただしい擦りむき傷が認められたが、それらはすべて彼女を煙突孔内部へ無理矢理押し上げ引きずりおろしたときに生じたものである。顔はひどい引っ掻《か》き傷だらけで、喉《のど》のところには黒々とした打撲傷と爪《つめ》が深く食い込んだ圧痕が残っており、あたかも首を絞められたかのように見える。

屋敷の隅から隅まで徹底調査してもなお、さらなる発見はなかったのだが、一団が屋敷の裏側にある小さな舗装された裏庭へ回ると、そこにレスパネー夫人の屍体が横たわっていた。彼女の喉は完全に掻き切られていたため、起そうとすると首から先がころころと外れてしまった。その頭蓋《ずがい》と同じく身体《からだ》のほうも鳥肌が立つほどに切り刻まれており、もはや人間のしるしをとどめているとは言えないほどであった。

かくも恐ろしい殺人事件というのに、いまのところいかに小さな手がかりも見つかっていない」

翌日の新聞には、さらに以下の情報が加わった。

「モルグ街の悲劇。この恐るべき猟奇殺人事件《アフエア》をめぐって多くの人々が取り調べを受けている」(「アフェア」という単語をわれわれ英語圏の人間のように軽い感じの意味で使用することは、フランスではまだ定着していない)。「しかしこれまでのところ何ひとつ事件の真相を照らし出す手がかりが見つかっていないのが現状だ。以下、すべての重要な証言を引用しておく。

洗濯女のポーリーン・デュブルグが供述するところでは、彼女は殺害された母娘《おやこ》を三年間知っており、そのあいだ彼女たちのために洗濯仕事をこなしていたという。レスパネー母娘はたいへん仲がよく、お互いを情愛で包み込んでいた。支払いのほうもじつに気前がよかった。ふたりが何をして、どんなふうに暮らしていたのか、そこまではわからない。レスパネー夫人は占いで生計を立てていたと思う。蓄えが相当あったらしい。レスパネー夫人が服を持ってくるようにと言ったり持ち帰ったりするときにも、邸内で誰かに会ったことはなかった。特定の召使いを雇っていなかったのは確か。四階のほかには、屋敷のどこにも家具は備え付けられていなかった。

タバコ屋のピエール・モローが供述するところでは、彼は約四年ものあいだ、レスパネー夫人にわずかながらタバコと嗅《か》ぎタバコを売るのが習慣だったという。近隣の生まれで、この地を離れたことがない。レスパネー母娘は屍体が発見された屋敷に六年以上暮らしていた。かつてそこには宝石商が住んでおり、上階をさまざまな人間に安値で貸していた。ところが屋敷自体はもともとレスパネー夫人の所有であったから、彼女は賃借人の家屋乱用に業《ごう》を煮やして自分自身が住み込み、以後いかなる部屋も貸さないという方針を採ったのだった。この夫人には子どもじみたところがあった。証人が娘に会ったのは六年間のうちで五、六回ていどにすぎない。ふたりは常軌を逸するほどに引きこもった暮らしを送っていた——もっともカネはずいぶん溜め込んでいるという噂《うわさ》だった。ご近所では夫人は占いをしているという噂もあったが、とうてい信じられない。このふたり以外の人物で屋敷の中に入るのを目にしたのは赤帽が一、二回、医者が八回から十回といったところだろうか。

ほかにも多くの人々、とくに隣人たちの証言を得たが、いずれも似たり寄ったりであった。屋敷にしょっちゅう出入りしていた人間はまったくいない。レスパネー母娘に血縁者がいるかどうかもわかっていない。表の窓の鎧戸《よろいど》はほとんど開いていたことがなかった。裏手の窓の鎧戸は常に閉められていた。ただひとつの例外が四階裏手の大きな部屋である。屋敷全体は決して古いものではなく、すばらしい建築だった。

憲兵イシドア・ムゼーの供述によると、彼がこの屋敷へ駆けつけるよう呼び出されたのは明け方三時のことで、着いたときにはもう玄関のところに二十名から三十名もの人だかりがしており、扉をこじ開けようと躍起になっていた。カナテコならぬ銃剣の助けを借りて、ついにこじ開けるのに成功した。扉は両開きというかアコーディオン型であったため、上下いずれの部分でも施錠されていなかったから、この作業はさして難しいものではなかった。金切り声のほうは作業中にも続いていたが——しかし突如として止《や》んだ。ひとりなのか複数なのかはわからないけれど、誰かがえらく苦しんでいるような叫び声が——けたたましくも尾を引き、すぐには止みそうにはなかったのだ。証人は先立って階段を駆け昇り、最初の踊り場まで行ったとき、ふたつの声が大音量で怒ったように言い争っているのを聞いた。一方はしわがれており、もう一方はキンキンしていて——何しろおかしな声だった。前者の言葉を聞き分けたところだと、フランス人の声だった。女性の声でないのは確実だ。『こんちくしょう《サクレ》』とか『いまいましい《ディアーブル》』といった単語が聞こえたからだ。甲高いほうの声は外国人だと思う。男性だか女性だかよくわからない。中身のほうもよくわからないが、言語そのものはスペイン語だったはずだ。部屋や屍体の状況については、きのうの報告と変わりなし。

　隣人で銀細工師のアンリ・デュヴァルの供述によると、彼は事件後、最初に屋敷に入った一団のうちのひとりで、その証言はおおむねムゼーの証言を裏書きするものだった。一団は玄関をこじ開けるが早いか、扉を再び閉じて、深夜というのにふくれあがる野次馬たちを閉め出したという。証人の考えでは、甲高い声はイタリア人である。フランス人でないことは確実だ。とはいえ男性の声であったかどうかは、はっきりしない。女性の声だったかもしれない。とはいえ証人はイタリア語ができるわけではない。言葉は聞き分けられないが、声の抑揚からイタリア人と確信したらしい。レスパネー母娘とは知り合いだった。彼女たちとはしょっちゅう会話を交わす仲だった。あの甲高い声が被害者のどちらかであるとは、とうてい考えられない、とのこと。

レストラン経営者のオーデンハイマーは進んで証言を買って出た。フランス語はまったく話せないため、通訳に介在してもらった。彼はアムステルダム出身のオランダ人で、金切り声が轟きわたったときには、ちょうどこの屋敷の脇《わき》を通り過ぎるところであった。声は何分か、おそらくは十分間ほどは続いたろうか。長く強烈な叫び声で、恐ろしく気の滅入るものだった。証人もまた、最初に屋敷へ入った一団のひとりである。その供述はこれまでなされた証言と変わらないが、ただ一点だけ異なっている。彼はあの金切り声が男性のものであり、しかもフランス人のものだと言うのだ。言葉の中身はさっぱりわからない。けたたましくて早口でとりとめのないような声で、何かに激怒しているとともに何かに恐怖しているようにも聞こえたという。声の性質はザラついた感じ——そう、キンキンしているというよりもザラザラした感じだった。甲高い声とはいえない。しわがれ声のほうはくりかえし『こんちくしょう《サクレ》』だの『いまいましい《ディアーブル》』だの、いちどは『何てこった《モン・デュー》』とも叫んだとのこと。

デロレーヌ街にあるミノー父子銀行の頭取、ジュール・ミノーは父親のほうである。レスパネー夫人には資産があったため、かれこれ八年ほど前の春のこと、ミノー銀行に口座を開設したのだった。小額ながら頻繁に預金していたという。今までお金を引き出したことはなかったのだが、死の三日前になり、本人が来て四千フランほども引き出したらしい。支払いは貨幣ではなく金貨で行われ、銀行員がそれをレスパネー家へ持参した。

ミノー銀行員のアドルフ・ル・ボンの供述によると、当日の正午ごろ、彼はレスパネー夫人に随行してその屋敷まで、ふたつのバッグに詰めた四千フランを持参した。扉が開くやいなや、レスパネー嬢がすがたを現し、彼のもつふたつのバッグのうちひとつを取り、レスパネー夫人が残るひとつを引き取った。そのあと彼はお辞儀をして立ち去ったという。このとき街路には人っ子ひとりいなかった。そもそもが大通りから外れた、ここは寂しい界隈《かいわい》なのである。

仕立屋のウィリアム・バードの供述によるところでは、同じく事件直後の屋敷へ一番乗りした一団に加わっていたという。彼はイギリス人でパリに暮らし始めてからは二年ほど。最初に階段を駆け昇ったうちのひとりで、言い争うふたつの声を耳にしている。しわがれ声のほうはフランス人男性のものだ。いくつかの単語を拾うことはできたが、しかしぜんぶは思い出せない。『こんちくしょう《サクレ》』とか『何てこった《モン・デュー》』とか言っていたのはたしかだ。あのとき響いてきたのは、あたかも何名かの人間がケンカでもしているかのように、引っ掻いたり殴り合ったりする物音だった。甲高い声のほうがしわがれ声をはるかに上回る音量だった。イギリス人の声でないのはまちがいない。ドイツ人の声みたいだった。女性の声だったかもしれない――。しかしこの証人はドイツ語のことはわからない。

以上の証人たちのうち四名は呼び戻されてさらなる供述を求められたが、その全員が口をそろえて言うには、レスパネー嬢の屍体のあった部屋の扉は、捜索隊が到着したときにはもう、内部から鍵をかけられていた。すっかり静まり返っており、うなり声ひとつ、騒音ひとつ漏れてはこなかった。扉をこじ開けてみると、人っ子ひとりいないではないか。表側の部屋も裏側の部屋も、窓は閉じられており、内部からしっかり締められていた。ふたつの部屋のあいだにある扉は閉まってはいたものの、鍵はかかっていない。表の部屋から廊下へ出る扉は閉まっていて内側の鍵穴に鍵が刺さっていた。屋敷の四階には正面にあたるところに小部屋があり、扉が開け放たれたままになっている。ここには古いベッドや箱などがぎっしり詰め込まれていた。それらの物品も注意深く取りのけられて調査が入った。そのあげく、屋敷全体のうち一インチ（約二・五センチ）たりとも調査されていない部分はなくなった。煙突内部には掃除用具を入れ、上から下まで探索した。屋敷は四階建てで屋根裏部屋がついている（マンサード屋根の屋根裏部屋である）。引窓はじつにしっかりと釘《くぎ》で打ち付けられていたし、何年も開けられた形跡がない。言い争う声が聞こえた時点と部屋の扉がこじ開けられた時点とのあいだでどれだけの時間が経《た》ったのかについては、証人たちのあいだで供述がまちまちだった。三分間にすぎないと言う者もあれば、五分も経ったあとだったと言う者もあった。扉をこじ開けるのに一苦労したからだ。

葬儀屋のアルフォンソ・ガルシオが供述するところでは、彼はモルグ街の住人でスペイン出身。彼もまた事件直後に屋敷に入った一団のひとり。ただし階段を昇ることはせず、騒ぎがどうなるのか、ひたすら神経を尖《とが》らせ気を揉《も》んでいたという。言い争う声は聞いている。しわがれ声のほうはフランス人男性だったという。何をしゃべっていたかは聞き取れていない。甲高い声のほうはイギリス人男性で、これは確実だ――。しかし彼は英語がわかるわけではなく、声の抑揚だけで判断した。

お菓子屋のアルベルト・モンターニの供述によると、彼も最初に屋敷の階段を駆け昇った一団のひとりという。問題の声は聞いている。しわがれ声はフランス人男性だった。いくつかの単語を聞き分けられたからだ。声の主は相手を諫《いさ》めているかのような感じだった。甲高い声のほうは、いったい何をしゃべっているのかまったくわからない。早口でとりとめのない感じだった。ロシア人の声ではないだろうか――。彼の証言は、おおむね他の証言と一致する。問題は彼がイタリア人で、ロシア出身の人間としゃべった経験がないということだ。

このうち何名かが再度召喚されて口をそろえたのは、四階の部屋すべてについている煙突はどれもこれも人間が入る通路としては狭すぎるという事実である。さきほど『掃除用具』にふれたが、これは円筒形の掃除用ブラシで、煙突掃除人の商売道具だ。まさにこのブラシで屋敷中の煙道という煙道をくまなく掃除する。一団が階段を昇ってきたときに下手人が裏口へ逃走できるような通路があるかどうかも探索したが、そんな抜け道も存在しない。レスパネー嬢の身体は煙突内部にぎゅうぎゅうに詰め込まれていたため、それを引きずりおろすには、その場にいた四、五名の男が力を合わせるしかなかった。

医者のポール・デュマの供述によると、検屍《けんし》のため呼ばれたのがほとんど夜明けに近い時刻だったという。ふたりの屍体はレスパネー嬢がみつかった部屋にあるベッドの枠組の粗麻布の上に載せられていた。娘のほうの屍体は打撲傷と擦傷にまみれていた。彼女の身体が煙突内部に押し上げられたという事実にかんがみれば、なぜそうなったのかは説明がつく。喉のところがとくにひどく擦りむけていた。顎《あご》の下にはいくつか深く引っ掻いた傷があり、そこにはまぎれもなく下手人が指を押し付けたために生じたと思われる青あざが点々と残っていた。その顔はおぞましいほどに変色しており、眼球は飛び出してしまっていた。舌には部分的に嚙《か》み付かれた形跡があった。みぞおちのところには、おそらく膝蹴《ひざげ》りを食らったとおぼしき大きな打撲傷が見つかった。デュマ医師の見解では、レスパネー嬢はある単独犯または複数犯によって絞め殺された可能性があるという。母親の屍体のほうは、背筋が凍るほどに切り刻まれていた。右足と右手の骨はすべて、多少なりとも粉みじんにされていた。左の脛骨《けいこつ》も左の肋骨《ろっこつ》もぐちゃぐちゃに潰《つぶ》されていた。ともあれ屍体全体が目をおおうぐらいに傷だらけで変色していたのだ。いったいぜんたい、どうしたらこれだけの殺傷沙汰《ざた》を起こせるのか、まったくもってわからない。これが強靱《きょうじん》なる人間のしわざだとしても、ごつい棍《こん》棒《ぼう》とか大きな鉄パイプとか——椅子とか——その手の大きくて重い鈍器を使ったとしか思えない。武器を使ったとしても、女性にはこんな真似《まね》はできまい。レスパネー夫人の頭部は、証人の見たところによると、身体からことごとく切断されてぐちゃぐちゃに潰されていたという。喉はきわめて鋭利な道具、おそらくはカミソリで搔き切られた模様。

外科医のアレクサンドル・エティエンヌもデュマ医師とともに検屍に立ち会い、すでに成された証言とともにデュマ医師の見解を裏書きした。

ほかにも数人が尋問されたが、これ以上に重要な証言は出てきていない。どの点をとってもこれほど謎だらけでこれほどややこしい殺人が行われたのは、もし仮に殺人事件とするならば、パリでは初めてのことだった。警察にはとうてい歯が立たない――この手の事件でそんな運びになること自体が異常であった。とはいえ、道しるべになりそうなものの影ひとつ見つからないのだから致し方ない」

この日の夕刊の報道では、サン・ロック区がこれまでにないほどの興奮に包まれており、問題の屋敷が綿密に再調査されたばかりか、証人たちに新たな聴取が試みられたものの、どれもこれも決め手に欠けているということだった。もっとも付記によれば、アドルフ・ル・ボンが逮捕され投獄されたというが、しかしすでに詳述された事実以上に、彼を犯人とする決定打は何一つ浮上していない。

デュパンはこの事件の進行具合にずいぶん興味を抱いたようであった――彼はまだ何一つコメントしていないが、少なくともその素振りからして、そのように見受けられたのである。ル・ボン投獄の知らせが入ってようやく、彼はこの事件についていったいどう思うかを、わたしに尋ねてきたのだ。

いまのパリ中が思っているように迷宮入りの事件ではないか、というのが精一杯の答えであった。いったいどうやって下手人の手がかりをつかめばよいのか、その方法がまったくわからなかったのだから。

「いまは方法を云々《うんぬん》してもしかたがないよ」とデュパンは言った。「捜査の概要を見る限りはね。パリ警察はじつに洞察力に富んでいて巧妙なんだが、そこまでなんだな。行き当たりばったりのやりかた以上に、連中の段取りには方法というものがない。パリ警察が徹底的に調査計測したのは認めるよ。ところが、せっかくのデータを肝心の捜査対象を分析するのにどうにもうまく活用しないことが多くてね、まるでモリエールの喜劇に出てくるジュールダン氏が室内楽《チエンバー・ミユージック》を理解するのに部屋着《チエンバー・ローブ》を取り寄せた、みたいなもんさ。こうしたデータから出てくる結果はたいてい驚くべきものなんだが、その大半は、注意深く精力的に捜査すれば得られるはずだ。こういう資質に欠けている場合、連中の計画は頓挫《とんざ》せざるをえない。たとえば警察庁長官のフランソワ＝ユージーン・ヴィドックといえば、洞察力はあるし忍耐力もある男なんだが、思考訓練をきちんと受けていないがために、調査を厳密に行えば行うほどに間違った結論へ到達してしまう。対象にあまりにも顔を近づけすぎるために、見えるべきものが見えなくなっている。もちろん、ひとつやふたつの問題点については、かなりはっきりと見えているはずだが、にもかかわらず、必然的に事件の全体像を見失っているんだよ。だからこそ、深く考えすぎるのも困りもの、ということだ。真実はいつも井戸の中に潜んでいるわけじゃない。じっさい、重要な知識に関する限り、真実というのはたえず表層に存在するものだ。真実を探す時の谷間はたしかに深いかもしれないが、真実が露呈する山頂そのものが深いわけじゃない。この手のまちがいがどんなふうに起こるか、いったい何がきっかけなのかを知りたければ、天体観察のことを考えてみればいいだろう。ひとつの星を一瞥《いちべつ》したとすると——星を観察するのに、斜めに、網膜の外側を向けたとすると（網膜の内側に比べ、外側であれば微《かす》かな光でも感知しやすいからだ）、星がはっきり見える。それは、星の輝きがいちばんはっきり見えるということであって、その輝き自体は、対象を斜めではなく正面から見据えてみれば、ぼやけてしまう。真正面から凝視すればするほど、じっさいには多種多様な光線が眼に降り注いできているのがわかる。しかし一瞥したときのほうが、ずっと洗練されたかたちで観察したことになるんだ。物事を深く見つめすぎると、思考のほうも混乱をきたし弱ってしまうんだよ。粘り強く集中して真正面から見据える観察方法も、ひとたび行き過ぎると、かの金星すら天空から抹消してしまうことになりかねない。

今回の殺人事件について言うなら、何らかの見解をまとめる前に、ぼくら自身で分析を行ってみようじゃないか。調査するのは楽しいもんだぜ（デュパンがこの局面でこういう言い方をするのは不謹慎な印象もあったが、あえてツッコミは入れなかった)。それに、ル・ボンは以前、ぼくに貢献してくれたことがあって、ずいぶん感謝してるんだ。さあ、その屋敷とやらに足を運んで、ぼくら自身でちゃんと観察してみようじゃないか。警視総監のG—氏とは知り合いだから、必要な許可をもらうのもむずかしくないだろう」

そしてじっさい許可が下りて、わたしたちはすぐにモルグ街へ向かった。そこはリシュリュー街とサン・ロック街のあいだにはさまる閑散とした街路のひとつであった。到着したのは、午後遅くのことである。この区域はわれわれの家からはずいぶん離れていたので時間がかかったのだ。問題の屋敷はすぐにわかった。というのも、いまなおたくさんの野次馬たちが通りの反対側から興味半分、閉め切った鎧戸をじろじろ見上げていたからだ。ごくふつうのパリの邸宅であり、門の片側には窓のついた見張り小屋があり、窓には引き戸がついていて、そこが門番の居場所であることを示していた。中に入る前に、わたしたちは屋敷を通り過ぎ、横町のほうへ折れてみて、再び曲って屋敷の裏側を通ってみた。その間にデュパンはといえば、わたしなどにはいったい何を観察しているのかわからないほど細心の注意をもってこの界隈全体をじっくり検分していた。

いま来た道を戻ると、いよいよわたしたちは屋敷の正面に立ち、呼び鈴を鳴らして許可状を見せ、担当警備員に中に入れてもらった。階段を昇って、レスパネー嬢の屍体が発見され、いまも二遺体が安置されている部屋へ赴く。部屋の混乱ぶりは変わらずひどいものであった。『ガゼット・ド・トリビュノー』紙の記事で報道された以上には、とくに新発見はない。デュパンは犠牲者の屍体を含むありとあらゆるものを調べまくっていた。そのあとほかの部屋も見て、裏庭へ回った。そのあいだじゅう、憲兵が付き添っていた。調査は日が暮れるまで続き、ようやくわれわれは暇を告げた。帰る道すがら、わが友は日刊新聞のひとつを発行している編集部にしばし立ち寄った。

すでに述べたとおり、わが友はじつに気移りする男であって、こうした性格と「うまくつきあっていける」のは自分ぐらいだろう（ここで「うまくつきあっていける」“*Je les ménageais*”という表現はフランス語特有で英語にはなりにくい）。そんな気まぐれのため、彼は翌日の正午になるまで殺人事件にまつわるいっさいの話をしようとしなかった。やがて彼はいきなり、あの残虐《ざんぎゃく》事件の現場で何かしら特異なものを見出したかどうかを尋ねてきた。

このとき彼が「特異な《ペキューリアー》」という形容詞を思わせぶりに強調したので、理由はともあれ、わたしはいささか身震いしたものである。

「いや、何も特異なものなんてなかったよ」とわたしは答えた。「新聞報道以上のものは見つからなかった」

「まず『ガゼット』紙の報道だが」と彼は返す。「あれは今回の事件が並外れて恐ろしいものであることには、どうも踏み込んでいない気がする。だが、新聞報道のいいかげんな見解には目をつぶるがいい。ぼくにはね、この事件が解決不能と見られているのは、まさしく解決可能とされる理由、すなわちその異常なる特徴のためだと思われるんだ。警察は動機が見当たらないこと、すなわち殺人自体ではなく、なぜあれほどまでに殺人を残虐にしなければならなかったか、その動機が見当たらないことで紛糾している。しかも連中は、言い争う二つの声が聞こえたという事実と、四階には惨殺《ざんさつ》されたレスパネー嬢しかいなかったという事実、さらには下手人が昇ってくる一団の目をくらまして抜け出す逃走手段などありえなかったという事実とをどう考え合わせればいいのかまったくわからず、途方に暮れている。部屋がめちゃくちゃに荒らされたばかりか、娘の屍体が上下さかさまになって煙突に押し込められ、母の屍体が見るも無惨にズタズタに引き裂かれているという事態——いま述べた状況や、そのほかいわずもがなの状況を熟考するだけでも、自慢の洞察力ではとうてい及ばず、公務員風情《ふぜい》の能力では支障をきたしてしまったというわけだ。警察はけっきょく、異常なるものと難解なるものとを混同するという、甚大にしてお定まりの過《あやま》ちを犯したんだよ。

だがね、常識の水準を外れてみて初めて、理性は——そんなものがあればだが——真実探求へと向かうのだ。いまやっているような捜査の場合には、まず問題の立て方として『どんな事件が起こったか』ではなく『どのような意味で前代未聞《みもん》の事件だったか』と尋ねなくてはならない。げんに、ぼくにはすぐにわかる——あるいは、もうわかってしまった——この事件の解決しやすさは、警察の目には解決しにくさと映っている事態と正比例する」

わたしはそう語るデュパンを唖然呆然《あぜんぼうぜん》と仰ぐばかりだった。

「ぼくはいま、待っているんだよ」と彼は、わたしたちの部屋の扉に目をやりながら続けた。「ぼくが待っているのはね、たぶんあの残虐行為をやらかした下手人ではないにしても、あの事件にあるていど絡《から》んでいる人物だ。事件の最悪の部分に関する限り、おそらく彼は無罪だろう。この前提で正しいと思っているよ。というのも、まさにこれを前提にして、事件全体を読み込んでいこうと計画しているんだから。その男がこの部屋にやってくるのを、いまかいまかと待っている。やってこない可能性があるのも疑えない。でもね、たぶん彼はやってくるよ。そうなったら、そいつを引き止めなくてはならない。ほら、拳銃《けんじゅう》はここだ。いざとなったらどう使えばいいかは、よくわかってるだろう」

拳銃を手に取ったとき、わたしは自分が何をしているのかほとんどわからず、耳にした話も眉唾《まゆつば》ではないかと思っていたが、それでもデュパンは独白でもするかのように語り続けた。こういうとき、彼がいかにわかりづらい流儀でふるまう人物であるかは、すでに指摘したとおりだ。たしかに彼は、わたし自身に向けて語っていた。ところがその声ときたら、決して大声ではないけれども、ふつうならかなり遠くにいる人物へ語るとき特有の抑揚を帯びていたのだ。その瞳の表情はうつろで、見ているのは壁ばかり。

「言い争う声というのは」とデュパンは語る。「階上の一団はたしかに聞いたとはいうものの、しかし被害者の母娘《おやこ》のものじゃなかった。このことは、証言から明らかだ。それによって、母が娘を最初に惨殺したのちに自殺したのではないかという仮説は成り立たなくなるだろう。この点を指摘するのは、まさに方法に問題があるからだ。レスパネー夫人の力では、すでに見たように、娘を煙突へ無理矢理詰め込むような仕業など、絶対不可能だからね。しかも、彼女の身体中が傷だらけだったことを見れば、自殺という仮説も消える。殺人はレスパネー母娘以外の誰か第三者たちによって実行されたんだよ。そしてこの第三者たちの声は、言い争っているように響く声だったんだ。さてここで、これらの声をめぐる証言全体ではなくて、証言のうちで特異な点に、注意を向けてみよう。何か特異な点があるのに気がつかなかったかい？」

わたしが述べたのは、証人たちはしわがれ声についてはフランス人男性の声であると意見が一致しているのに、甲高い声、ないしある証人の言うところではザラザラした感じの声のほうについては見解の相違もはなはだしい、という点であった。

「それこそがまさに証拠だね」とデュパンは言いながら、こう続けた。「しかしそれだけでは、証拠の特異性を指摘したことにならない。君の観察では事態の特徴がはっきりしない。だけどね、ここにはさらに観察しておくべき点があるんだ。たったいま君が指摘したとおり、証人たちはしわがれ声については意見が一致していて、ぶれることがない。ところが甲高い声のほうについての特異な点は——証人たちの意見が一致しなかったという点じゃなく——イタリア人、イギリス人、スペイン人、オランダ人、フランス人がその声を説明するのに、めいめいがそれを外国人の声だと断じているることなんだ。自分の同国人の声じゃない、という確信に関する限り、どの証人もゆらぐことがない。しかも、誰もが、その声の主を自分が堪能《たんのう》な言語の国の人間の声だとは言わない——それどころか、まったく逆だ。フランス人男性はそれをスペイン人の声だった、『もしもスペイン語を知っていたら個々の単語まで聞き取れたのに』と言っている。オランダ人はそれがフランス人男性の声だったと断言するが、しかしこの証人自身はフランス語ができないため、取り調べは『通訳に介在して』もらって行われている。イギリス人男性はといえば、それをドイツ人の声だと言ったが、しかし彼自身は『ドイツ語のことはわからない』スペイン人の証人はそれがイギリス人男性の声なのは『確実だ』と述べたが、それは『声の抑揚だけで判断した』結果にすぎず、英語についてはからっきし駄目。イタリア人はそれがロシア人の声だったと言うも、彼は『ロシア出身の人間としゃべった経験がない』ときている。二人目のフランス人男性の証言は一人目とは食い違っており、彼によると声の主はイタリア人だったことになるが、イタリア語ができるわけではないので、スペイン人証人と同じく『声の抑揚からイタリア人と確信した』にすぎない。してみると、この声なるものがいかに不可思議なほど異常であるかがわかるだろう――何しろ、それをめぐってこうした証言が集まったうえに、声の響きについては、ヨーロッパを代表する五大国家から来た居住者たちが、てんでんばらばらの判断を下しているのだから！　もちろん、アジア人の声じゃないのか――それともアフリカ人の声じゃないのかといぶかしむこともできる。ところがアジア人もアフリカ人も、パリにはそんなにいないんだよ。もっとも、そんな推測を否定しないまま、ここで三つの点に注目してもらいたい。ひとつは、ある証人がこの声を『キンキンしている』というよりも『ザラザラした感じ』と形容したことだ。つぎに、ふたりの証人が『早口でとりとめのない』感じだったと述べている。さいごに、どの証人も、言葉らしい音声はまったく聞こえてこなかった点では口をそろえている。

こう説明したからといって、君の理解力にこれまでどんな印象を刻み込んだか、それはわからない。でもね、ためらうことなく言えるのは、こうした証言のたぐいからさえ――つまりしわがれ声と甲高い声のふたつをめぐる証言からさえ――しかるべき推論を引き出せば、もうそれだけでこの殺人事件の捜査をさらにどんな方向へ展開していくべきか、その方向はじゅうぶん決まるということだ。いまぼくは『しかるべき推論』と言ったけれど、これだけじゃ意味するところはちゃんと伝わらないかもしれないな。ぼくが言いたかったのは、推論が唯一《ゆいいつ》妥当なもので、そこから必然的に引き出される方向こそは唯一の帰結だということなんだ。とはいうものの、それじゃいったいその方向とは何か、ということは、言わないでおこう。念頭に置いてほしいのは、ぼくがあの部屋で検討した調査結果から、いよいよはっきりしたかたちが――ある種の方向性が――浮かび上がってきた、ということだ。

たとえば、今、あの部屋にいると想像してみよう。いちばん最初に何を調べる？下手人がいったいどうやって抜け出したか、その手段だよ。ぼくらふたりとも自然を逸脱したような出来事が起こるとは信じていない、といっても言い過ぎではあるまい。レスパネー母娘は亡霊に殺害されたわけじゃない。殺人鬼には実体があり、物理的に逃走したんだ。ならば、いったいどうやって？　運のいいことに、この点を推論するやりかたがひとつある。それに則《のっと》れば、明確な結論へ立ち至るはずだ。――犯人はいったいどうやって逃走したのか、ここでそのありうべき手段をひとつひとつ吟味してみよう。一団が階段を駆け昇ったとき、レスパネー嬢の見つかった部屋か、少なくともその隣室に下手人たちがいたのは明らかだろう。となれば、これらふたつの部屋こそは、手がかりを与えてくれると見るべきだ。警察は床から天井から壁の石造り部分にいたるまで、ありとあらゆる方角から剝《む》き出しにしたから、いかに密《ひそ》かにしまいこまれた手がかりであっても、警察の眼を逃れるわけにはいかなかったろう。だがぼくは、あえて警察の鑑識眼を信用せず、自分自身の眼で確かめてみたんだ。すると、秘密の出口など一つもないことがわかった。部屋から廊下へ通じる扉はふたつともしっかりと内側から鍵をかけられていた。煙突はといえば、その幅はふつうの大きさで暖炉の上から八から十フィートぐらい（二・四から三メートル強ぐらい）伸びていたが、しかし全体を通しては、大きな猫だともう入れない。かくして、逃走経路としては絶対不可能ということになり、それでは窓はどうかと考えてみた。正面の部屋の窓を利用したとすれば、街路の通行人たちに気づかれぬまま逃走するのは無理だろう。犯人たちは裏の部屋の窓をつたって行ったにちがいない。さて、かくも明確なかたちで結論に到達したとなれば、推論を組み立てる者としては、それがどうやら不可能な逃走経路だということで却下してしまうには忍びない。ぼくらに残されたのは、このように一見したところの『不可能性』というのが、じっさいにはさほどのものでもないことを証明することでしかない。

現場となった部屋にはふたつの窓があったよね。そのうちのひとつは家具の陰に隠れることもなく、窓全体が見渡せた。もうひとつの窓のほうは、その下方の部分に、不格好なベッドの枠組の頭の部分がぴったり接しているため、見えなくなっていた。前者の窓は内部からしっかりと閉められていた。みんなで力を合わせてその窓を持ち上げようとしたが、それでもなかなか開かないほどだった。窓枠の左側には錐《きり》で大きな穴が開けてあり、そこにえらく太い釘が頭まで打ち込まれていたんだな。もうひとつの窓を調べてみたところでも、同じような釘がやはり窓枠に打ち込まれていたよ。だから、力んで窓枠を持ち上げようとしても無駄なこと。警察のほうは、逃走経路がこの方面にはないというのですっかり満足しているね。つまり、釘を引き抜いて窓をこじ開けたとしても骨折り損だ、ということなんだよ。

ぼく自身の検証はいくぶん特殊なんだが、そうなった理由はすでに述べたとおりだ――そう、いかに不可能に見える問題でも、じっさいのところはさほどのこともなく証明されるのがわかっているからさ。ぼくは帰納的《ア・ポステリオリ》にこう考えを進めてみた。下手人たちはたしかに、これらの窓のうちどちらかを逃走経路にした。もしそうであれば、連中はいったいどのようにして窓枠を再び内部から閉め直すことができたのか。何しろ、窓は内部からしっかり閉められていたんだからね。この点を考えると、あまりに明白な理屈ゆえに、この屋敷をめぐる警察の捜査も暗礁《あんしょう》に乗り上げてしまうというわけだ。しかし窓枠が内部からしっかり閉められていたんだよ。すると、この窓枠には自動的に閉まる機能があるにちがいない。これ以外の結論は考えられない。だからぼくは、家具に邪魔されていない窓のほうへ向かって、たいへんな思いをして釘を引き抜き、窓枠を持ち上げようとしてみたんだ。想定内だったけど、ぼくが力を振り絞っても駄目だった。それでわかったんだ、隠しバネでも埋め込まれてるんじゃないかと。そして、この考えが確証されたことで実感したのは、釘をめぐる状況がいまなおどれほど不可思議であっても、ぼくの仮説は少なくとも正しい、ということだ。じっくり調べてみたところ、案の定、隠しバネが見つかった。それを押してみて、発見したことに満足し、もう窓枠を持ち上げようなどとは思わなくなった。

ぼくは釘を元に戻し、それをまじまじと見つめたよ。この窓から逃走した犯人がいるとしたら、あとになって窓を閉めなくちゃならない。その場合、隠しバネは役立ったかもしれないが、しかし釘ばっかりは打ち直すわけにはいくまい。この結論は単純明快だから、ぼくの捜査領域はいちだんと限定されてきたんだよ。下手人たちはもうひとつの窓から逃げたにちがいない。それぞれの窓枠に仕込まれた隠しバネがぜんぶ同じだとするなら、釘の種類がちがう、少なくとも釘の固定方法がちがうという問題が浮上せざるをえない。ベッドの枠組の粗麻布の上に乗っかると、ぼくは頭板ごしにふたつ目の窓をまじまじと見つめた。頭板のうしろに手を回すと、たちまちバネが見つかったので押してみた。その性質は予想どおり、もうひとつの窓のバネとまったく同じだった。こんどは釘のほうへ眼をやる。それもまた、もうひとつの窓のものと同じくがっしりした釘で、同じように打ち込まれていた――そう、頭のところまでしっかりと。

さぞかし困ったと思うだろう。でもね、もしそう思ったとしたら、帰納法の本質を誤解してるよ。賭博《とばく》的な表現を使えば、ぼくは一度として『失策』を犯したわけじゃない。手がかりは一瞬たりとも見逃しちゃいない。因果関係の連鎖に欠陥があるわけじゃないんだ。ぼくは秘密を探って究極の帰結に達した——それこそがこの釘だったんだ。そいつはどの点を取っても、もうひとつの窓における片割れと同じすがたをしていた。しかしこの事実は、ここで道しるべを帳消しにしてしまう考え方と照らし合わせると、絶対的な無へと帰する。『この釘には、どこかおかしなところがあるにちがいない』わたしはそう言いながら触れてみた。釘の頭は、四分の一インチ（約六ミリ）ほどが突き出ており、その部分が指の中でぽろりと外れてしまった。残りの釘の胴体は、折れたまま、錐の穴に残っていた。その裂け目は古びており（先には錆《さび》がこびりついていたのだ）、どうやらそれはカナヅチで叩《たた》き込んだせいらしい。そう、下の窓枠の上部に、カナヅチで釘の頭を部分的に打ち込んだ形跡がある。ここでわたしが外れた釘の頭を元の窪《くぼ》みへ戻すと、釘は再び完全な一本の釘へと戻った——裂け目は再び見えなくなったからね。ぼくはバネを押すと、窓枠をそうっと数インチ（約五から七センチ）ほど押し上げた。釘の頭はしっかり収まったまま、窓枠は持ち上がった。こんどは窓を閉めてみたが、そのあとでも、この釘は完全な一本の釘にしか見えなかったよ。

ここまでの謎は解けた。下手人はベッドを見下ろす窓づたいに逃走したんだ。犯人がそこから出ると同時に窓はひとりでに落ちて（または、おそらく故意に閉じられて）バネの作用でしっかり閉まったのさ。このときのバネの固定力こそ、警察が釘の力と勘違いしたものにほかならない——だから彼らはこれ以上、この点に関して捜査するのは不必要と考えたというわけだ。

つぎの問題は、いったい犯人がどのようにして下へ降りたかだ。この点については、君と屋敷の周辺を歩き回ってみてじゅうぶん納得したよ。問題になっている四階の部屋の窓から五フィート半（約一・七メートル）ほどのところに避雷針が立っている。この避雷針からは誰がどうやっても窓にまで届かないし、もちろん窓の中へ入るなんて不可能だ。しかしね、ぼくは四階の鎧戸がパリの大工たちの呼ぶ『フェラード』なる特異な様式で、今日でこそ珍しくなったが、リヨンやボルドーの古い屋敷ではまだ往々にして見受けられるタイプのものだということを知ったんだ。この手の鎧戸はふつうの扉のかたちをしてるんだけど（アコーディオン型ではなくて一重）、ただひとつちがうのは、上半分が格子《こうし》状ないし開放型の菱形《ひしがた》格子状で造られていて、両手でつかまるには絶好なんだね。今回の場合、鎧戸の部分はゆうに三フィート半（約一メートル）の幅だ。屋敷の裏から見ると、双方の窓の鎧戸は半ば開いている——つまり、壁から直角に開かれている状態だったわけだ。ぼくもそうだが警察も、おそらくは屋敷の裏側ばかり調べていたことになる。ところがね、もしそうであれば、こうしたフエラード風鎧戸の幅を観察していたにちがいないのに、きちんと認識しなかったんだな――あるいは、けっきょくのところ、ちゃんと考慮に入れなかったんだ。げんに警察は、こんなところから脱出できるはずがないといったん思い込んだせいで、当然ながらえらくおざなりな現場検証しかしなかったのさ。でもね、ベッドの頭側の窓を守るあの鎧戸は、もしも壁の方に鎧戸を精一杯開け放ったとしたら、避雷針まで二フィート（約六十センチ）しか離れていないことになるよ。もしも絶大なる体力と勇気とをふりしぼって跳躍したとすれば、避雷針から窓へ入り込むのは、できない相談じゃない。犯人は二フィート半（約七十五センチ）の距離を（つまり鎧戸が全開しているという前提での距離を）跳躍することで、菱形格子状の部分にしっかりつかまることも夢じゃないんだ。そうして避雷針を放して、壁にしっかり両足をつけて壁を一蹴りすれば、そのはずみで鎧戸を閉じることもできたろうし、もしもすでに窓が開いていたんだったら、そのまんま部屋へ躍り込むこともできたろう。

心に留めておいてもらいたいのは、これまで語ってきた犯人の尋常ならざる行動は、かくも危険で困難な犯罪をまんまとやってのけるにはどうしても必要不可欠だった、ということだ。まずはじめに示したかったのは、この犯罪がたぶんこういうふうに実行されたんじゃないか、ということだった。しかしそのつぎに、そしていちばん大事な点として君の理解力に刻みこもうとしたのは、これだけの犯罪を敏捷《びんしょう》にやってのけた力にはとてつもなく異常な、すなわち限りなく自然の摂理からはみ出るような性質が備わっている、ということなんだ。

もちろん君だったら、法律用語を使いつつ、こう言うだろうね――『証拠を挙げて弁論する』ためには、この事件で不可欠な前提となった異常なる残虐行為をきっちり評定するのが肝心だ、と考えるよりも、そこのところはいささか割り引いておいたほうが得策じゃないか、と。なるほど、そうなれば法律に沿うことにはなるかもしれないが、でもね、理性を活用することにおいてはそうならないんだよ。ぼくの究極目的は、あくまでも真実なんだ。ぼくがさしあたり目論《もくろ》んでいるのは、君にふたつの問題点を並べて考えてみてほしい、ということだ。すなわち、これまで語ってきたじつに異常なる残虐行為と、じつに特異なる甲高くて（ザラザラして）とりとめのない感じの声、しかもその国籍については誰ひとり一致した見解を下さず、その発話についてはいかなる文節も聞き取れないような声とを、引き比べてみてほしい、ということだ」

こうした説明を聞かされて、ようやくぼくの心にも、デュパンの真意がおぼろげながら、半ばかたちを取ってゆらめき始めた。そう、完全に理解する力は欠けているのに、あと少しで理解できそうなところまで来ているように思われたのだ——それは人間が完全な記憶力には恵まれていなくても、いま少しで過去の記憶をことごとく呼び起こせそうな瞬間を経験するのに似ている。わが友はさらに話を続けた。

「もうわかるだろう」と彼は言った。「ぼくは問いの立て方を、いかに逃走したかという点よりいかに侵入したかという点に逆転させたんだ。屋敷の出入りはまったく同じ場所で、まったく同じ要領で行われたということを示唆《しさ》しようと思ったからだ。ここで部屋の中をふりかえってみよう。どんな風になっていたろう。衣装ダンスの引き出しが荒らされてはいたけれど、その中の多くの衣装は手つかずだったよね。この結論は不条理じゃないか。これはたんなる推測であるうえに、馬鹿《ばか》げた推測かもしれない、それ以上のものじゃない。しかしね、引き出しに収められていたものが、けっきょくはそこにもともと収められていたものすべてではなかった、などということは、どうやってわかる？　レスパネー母娘《おやこ》は極端なぐらいの隠遁生活を送っていたんだから、友達にも会わず、めったに外出することもなく、衣装もあれこれ着替える必要はない。発見された衣装というのは、少なくともこれぐらい優雅なご婦人たちの持ち物としては最高級品だった、ということだよ。犯人に盗むべきものがあったとすれば、いったいどうして最高級品をさらっていかなかったのか——あるいは、いっさいがっさい盗み出してもよかったじゃないか？　端的にいえば、犯人はどうして四千フランもの金貨をさておいて、膨大な衣装のたぐいと格闘しなきゃならなかったんだ？　金貨は放棄されて、その全額はそっくりそのまま、バッグに入ったかたちで床に置かれていたんだ。だから、君にはそもそも『動機』などという馬鹿げた発想自体を捨ててかかってほしいんだよ。そもそも動機を警察が問題にしたのは、屋敷の扉のところで金が手渡されたという証言が出てきたから、というだけのことだ。金が届けられて、その受取人たちが手にした三日後に惨殺されたというのはたしかに奇遇だけど、それより十倍も信じがたいような奇遇が、ぼくらの人生では毎時間起こっていながら、さしたる注目も浴びないでいる。奇遇というのは、蓋然《がいぜん》性の理論に不案内なまま考えようとするたぐいの連中には、躓《つまず》きの石なんだよ——蓋然性の理論こそは、人間がこれまで扱ったうちで最も輝かしい研究対象を最も輝かしく例証した体系なんだけれどね。いまの例で言うと、もしも金が消えていたとしたら、三日前に金が渡されたという事実そのものが奇遇以上の意義を帯びていただろう、ということさ。しかも、動機という発想も裏付けを得ただろう。ところが、じっさいの事件の現場検証を行ってみると、金をこの残虐非道の動機と見る限り、この犯人は何とも優柔不断な白痴じゃないかと想定せざるをえない——何しろ肝心の金とともに自分の動機をも放棄してしまうほどなのだから。

さてこれまで君の注意を促してきた諸点を——あの特異なる声や尋常ならざる敏捷さ、かくも残虐をきわめたにもかかわらずこの殺人には驚くべきことに動機が欠落していることなどを——しっかり心に留めたうえで、こんどは残虐行為自体を一瞥《いちべつ》してみよう。ここに馬鹿力で絞め殺され、上下さかさまのすがたで煙突内部に押し上げられた女性がいる。ふつうの殺人鬼だったら、こんな殺し方はしない。被害者を始末するのにこんなやり方をするなど、いちばんありえない。とりわけ、屍体《したい》を煙突内部へ押し上げるやり方を見れば、過剰なまでに異常な性質が——仮に殺人鬼が最悪の人間だったとしても、人間が取る行動とはどうしても相容《あいい》れないたぐいの性質が——潜んでいるのがわかるだろう。考えてもみたまえ、屍体をあのように狭い煙突孔内に無理矢理押し上げた力はとにかく絶大なものだったんだよ、なにしろそれを引きずり降ろす段になり、大の男が束になっても息絶え絶えになるぐらいだったんだから！

こんどは、じつに驚くべき力が別の側面でも発揮されていたことについて、考えてみようじゃないか。暖炉の上には分厚い髪の房が——とてもふさふさとした髪の房が——載っており、それは人間の銀髪だった。しかもこれらの房は根元からちぎり取られていたんだ。ふつう人間の頭部から二、三十本の髪の毛を引きちぎるのだって相当な腕力が要るのは知ってるだろう。問題の髪の房はぼくと一緒に見てるよね。その根元（見るもおぞましい！）には、頭皮の肉の破片がこびりついていた――これこそは、数十万本もの髪の毛を一気に引き抜くさいに度し難い力が発揮されたことの証《あかし》だ。レスパネー夫人については、喉《のど》が掻《か》き切られただけじゃない、その頭部が身体《からだ》とすっぱり切断されていた。道具はずばりカミソリだろう。さて、いかにこうした殺害行為が獣じみた残虐性を帯びているかという点に注目してほしい。レスパネー夫人の屍体におびただしい打撲傷が見られた点については、とくに口をはさむまい。デュマ氏とその有能なる助手であるエティエンヌ氏は口をそろえて、これらの傷が何らかの鈍器のしわざによるものではないかと証言している。これまでのところ、彼らの証言はとても正しい。鈍器の正体は裏庭の石畳で、レスパネー夫人はベッドを見下ろす窓からその上へ落下したのだから。ただし、この仮説は単純明快に見えるかもしれないが、鎧戸の幅と同じく、警察が見落としたところなんだ――そう、釘が打ち込まれていたという一点をもって、警察は窓がそのとき開け放たれていたとはそもそも解釈しようがないではないかと認識したんだよ。

　こうした状況に加えて、室内が奇妙なほどぐちゃぐちゃにされていたことにまともに向き合ってみるなら、驚くべき敏捷性や超人的な力、獣じみた残虐性、動機なき虐殺、人間業とはとうてい思われないほどに恐ろしいグロテスク趣味、かてて加えて、国籍のちがう人々の耳すべてに外国人のように聞こえ、いっさいの明瞭《めいりょう》なる文節を欠落させた声といった諸要素がみるみるつながってくるはずだ。さて、そのあげくどうなったか？　ぼくはどんなふうに君の空想力を刺激したかな？」

そう質問されて、わたしは肌がむずむずしてくるのを感じた。「誰か気狂いの仕業じゃないのか。きわめつけの気狂いが精神病院から脱走してきたんだ」

「いくつかの点では」とわが友は答える。「君の見解は決して外れているとはいえない。しかしね、いくら発作を抱えているからといって、気狂いの声が階段の上で聞こえたというあんな特異な声みたいになるはずはない。気狂いだってどこかの国の出身なんだし、いくら言語不明瞭とはいえ、その国語には文節法則がある。しかも、気狂いの髪の毛というのは、いまぼくが手にしているようなものじゃないよ。レスパネー夫人が何かをしっかり握りしめていたんで、取り出してみたら、こんな房が出てきたんだ。いったいこれを何だと思う？」

「デュパン！」ぼくは動揺して叫んだ。「この髪の毛はひどく変わってるぞ。人間の髪の毛ではない」

「そもそも人間の髪の毛だとは言っていないぜ」と彼は説明した。「しかし、この点を確認するより前に、君にはぼくがこの紙に描いた小さなスケッチを一目見てほしいんだ。証言の一部分で、レスパネー嬢の喉には『黒々とした打撲傷と爪が深く食い込んだ圧痕』があり、デュマ氏やエティエンヌ氏の言う『指を押し付けたために生じたと思われる青あざ』があったと主張されていただろう。そのときの証言をもとにした図解をそっくり写し取ったのが、これだ。

これを見たらもうわかるだろう」とわが友は続け、スケッチの写しを机の上に広げた。「この絵が示しているのは、いかに強力で持続的な力が喉に加わったか、ということだ。指がすべったような形跡はまったく見られない。指の一本一本はもともと恐ろしいほどの力で拳を作っていたはずだが、まさにその握力によって――おそらくは犠牲者が息絶えるまで――相手を締めつけ放すことがなかったんだ。ためしに、君自身の指をそれぞれの青あざが刻まれている部分に押しつけ、力み続けてみるがいい」

ぼくはスケッチされた喉のところに指を押しつけてみたが、長くは続かなかった。

「そのやりかたじゃ、たぶん公正とはいえないな」と彼は言った。「このスケッチが広げられているのは平らな机の表面上だ。ところが人間の喉というのは円筒状だ。ここにだいたい人間の喉まわりぐらいの棒きれがあるから、それにこのスケッチを巻きつけ、実験再開してみるといい」

言われるとおりにしてみたが、ますます難易度が上がったにすぎない。「これでわかったよ」とぼくは呟《つぶや》く。「あれが人間ならざる者の手だということを」

「読んでみるがいい」とデュパンは答えた。「ここに博物学者キュヴィエの一節がある」

彼が差し出したのは、東インド諸島に棲息《せいそく》する巨大な黄褐色のオランウータンに関する詳細なまでに解剖学的にして概説的な文章だった。これら哺乳《ほにゅう》類が巨大なる体格で絶大なる力と活動を誇り、野生ならではの獰猛《どうもう》さを備え、模倣的な傾向を示すことは、誰もがよく知るところだった。このときわたしはモルグ街の殺人のいちばん恐ろしい部分がどこにあるのかを、たちどころに把握した。

「オランウータンの指をめぐる記述は」とわたしは文献を読み終えて語った。「このスケッチが示す指とことごとく一致している。ぼくにはここで紹介された種族のオランウータン以外に、これほど強く指を押し付け喉をくぼませることのできる動物はいないと思う。この黄褐色の髪の房にしても、キュヴィエの描く動物の毛髪と寸分変わらない。だけどね、ぼくはこの恐ろしい事件の細かい点で、まだきちんとわかっていないところがありそうなんだ。さらにいえば、二種類の言い争う声が聞こえたそうだけど、片方はまぎれもなくフランス人男性のものだったと言うじゃないか」

「そのとおり。しかも、覚えているとは思うけど、この声の主とされる側がひとつの言葉――『何てこった《モン・デュー》』――を発していたことについては証人によって広く認められている。事件の状況下、この言葉については、お菓子屋のモンターニなる証人によって、誰かを諫《いさ》めるような感じだったと報告されている。だからこれらふたつの単語にこそ、事件解決のすべての鍵が潜んでいるんじゃないかと考えているんだ。ひとりのフランス人男性がこの殺人事件を見ていた、ということだね。しかも、可能性が高いのは――限りなく真実に近いのではないかと思われるのは――彼がこの血なまぐさい事件に関与したわけではなかった、ということだ。そう、オランウータンはこの男から逃げ出したんじゃないかと思う。彼はこの動物を追いかけてレスパネー夫人たちの部屋にたどり着いたんじゃないかな。ところが、とんだ騒ぎが起こってしまったために、捕え損ねたんだ。オランウータンは依然として逃走中というわけさ。ぼくはこうした推測を続けるつもりはないよ――というのも、これらを推測以上のものと呼ぶことができないだけじゃない――ぼくの推測の根拠になっている内省の色合いというのがじゆうぶんに深いものではないために、知性によっては理解しえないからだ。だからいま展開したのは推測であって、それ以上のものじゃない。仮に問題のフランス人男性がこの残虐事件を引き起こしたんじゃないとすれば、ゆうべの帰り道で『ル・モンド』紙（海運業情報満載で船員たちが愛読している新聞だ）の編集部に立ち寄り託してきた広告を見れば、たちまちぼくらの家へやってくるんじゃないかと考えたんだ」

そう言うと、デュパンは当の新聞をよこした。そこにはこんな広告が載っていた。

「捕獲情報――ブーローニュの森にて、今月（モルグ街の殺人事件が起こった朝）、ボルネオ産のたいそう巨大な黄褐色のオランウータンが捕獲された。持ち主は（マルタ島系船舶の乗組員ということは確認されているが）、そのことをじゅうぶんに証明し、この動物の捕獲と保管に要する経費を支払うことによって、取り戻すことができる。サン・ジェルマン郊外――街――番地四階に問い合わせるように」

「いったいどうやって」とわたしは尋ねた。「このフランス人男性が船乗りでマルタ島系船舶の乗組員だなんてことまで調べ上げたんだ？」

「じつはわかっちゃいないんだよ」とデュパンは答えた。「確信はないんだ。とはいえ小さなリボンの切れ端を拾ってね、これがそのかたちといい脂《あぶら》っこい見た目といい、船乗りが長い弁髪を束ねるのに好んで使うものだったのさ。しかもその結び方ときたら船乗り以外には不可能なものでね、しかもマルタ島系に特有のものだった。ぼくはこのリボンを避雷針の下で拾い上げて、被害者ふたりの持ち物ではなさそうだと判断したんだ。まあ、ぼくがこのリボンから帰納的に結論づけたとおり、このフランス人男性がマルタ島系船舶の乗組員だという仮説がまちがっていたとしても、ああいう広告を出したことで困る者は誰もいない。もしもまちがっていたら、彼はたんに、広告主が何らかの状況証拠からまちがった結論に至ったんだなと思うはずで、わざわざ問い合わせてはこないだろう。しかし、もしもぼくが正しかったら、大勝利だよ。殺人の下手人ではなくとも目撃者として、このフランス人男性は当然ながらぼくの広告へ応じるのをためらうだろう――つまり、オランウータンを取り戻すのをためらうだろう。彼の思考経路はこんな感じで展開するはずだ――『殺《や》ったのはおれじゃない。だが、おれは貧しい。それにひきかえ、おれのオランウータンは高価だ――とくにおれみたいな境遇にいる人間にとっては一財産だ――危険が待ち構えているかもしれないからといって、こいつをみすみす奪われてなるものか。もうすぐそこに、手が届くところにあるんだ。オランウータンはブーローニュの森で見つかった――ということは、あの虐殺事件の現場からはずいぶん離れているってことだ。とすれば、あいつが殺人をやらかしたってことが疑われるなんてことはあるまい。警察はお手上げなんだ――これっぽっちも手がかりをつかんじゃいない。オランウータンのほうを探ったとしても、おれが殺人の目撃者だってことは証明できないし、たんに目撃していたというだけで犯罪者扱いすることもできやしまい。何と言っても、おれは素姓を知られている。広告主はおれがあいつの所有者だってことまでわかってるんだ。いったいどこまで調べ上げているのか、それはわからない。これほど高価な動物を持っていて、しかもおれが所有者だってことまで知られていながら、仮に名乗り出なかったとすれば、少なくともオランウータンに疑いがかかることになる。おれもオランウータンも注目されるのはまっぴらごめんだ。だとしたら、まずは広告主と連絡を取り、オランウータンを取り返し、そして事態がおさまるまで手元に置くとするか』」

この瞬間、階段を昇ってくる足音が聞こえた。

「いよいよだぞ」とデュパンは言う。「拳銃を用意しろ。ただしぼくが合図するまでは使ったり見せたりしちゃいかん」

屋敷の玄関の扉が開いていたので、その男は呼び鈴を鳴らすこともせずに入り込み、階段を何段か昇った。とはいえ、このとき彼はためらっていたようだった。すぐに彼が階段を降りて行くのが聞こえたからだ。デュパンがすばやく扉のところへ移ったとき、再び階段を昇る足音が聞こえた。しかしこんどこそ客は振り向くことなく決然と階段を昇ってくると、ぼくらの部屋の扉をノックした。

「どうぞ」とデュパンは明るくやさしい声で応じた。

ひとりの男が入ってきた。見るからに船乗りといういでたちである――背が高くずんぐりしていて筋肉質、顔には向う見ずな表情が浮かび、だからといって愛想がないわけではない。ずいぶんと日焼けしたその顔の大半は、頰髭《ほおひげ》や口髭でおおわれている。大きくて頑丈そうな棍棒《こんぼう》を携えてはいたが、それ以外の武器は何もない。ぎこちなく頭を下げると「こんばんは」とフランス語訛《なま》りであいさつした。スイス系フランス語の訛りではあったが、にもかかわらずパリ出身を感じさせるにはじゅうぶんであった。

「おかけなさい、お友だち」とデュパンは言った。「オランウータンのことで来られたのでしょう。まったくびっくりですよ、あれを所有しておられるなんて。じつにすばらしい、しかもたいへんに高価な動物じゃありませんか。いったいあれは何歳とお考えですか?」

船乗りが長々と息を吸うようすには、耐え難い重荷からやっと解放されたという風情があった。そして彼は堂々たる調子でこう答えた。

「正確なところはわからないが、四歳か五歳以上ってことはないんじゃないか。ここに連れて来たのか?」

「いえいえ、わたしどものところでは、オランウータンを置いておくことなどできません。いまはすぐそばにある、デュブール街の貸し馬屋に預かってもらっています。朝になれば取り返せますよ。もちろん、あなたが所有者だと証明できますよね？」

「当然だよ、旦那《だんな》」

「別れがたい気がしますが」とデュパン。

「今回の騒ぎではたいへんな苦労をしたんだろう、旦那。もちろんタダで返してくれと言うつもりはないよ」と男。「そんなことはできない。だからあいつを見つけ出してくれたことではお礼をしたい――つまり、それなりの値段で、ということだが」

「いいでしょう」とわが友は応じた。「なるほど、たいへん公正なお取り計らいだとは思います。そうだなあ。何がいいかなあ。ああ、いい考えがある！　わたしにお礼をくださるのなら、ひとつ交換条件ではいかがでしょう。ご存知の限りで結構ですから情報をいただけませんか――あの殺人事件についてですよ、モルグ街の」

デュパンは最後の「モルグ街」という固有名詞をずいぶん低い調子で、しかもじつに静かに発話した。そして、同じぐらい静かに扉のところへ行くと施錠し、鍵をポケットに入れてしまう。さらに胸から拳銃を取り出すと、落ち着き払ったようすで、机の上に置いた。

船乗りの顔は火照《ほて》り始め、あたかも窒息から免れようとしているかに見えた。いきなり立ち上がると、棍棒を握りしめた。しかしつぎの瞬間、彼は椅子に深々と座ると、身体をぶるぶる震わせ、顔には死相を浮かべていた。何ひとつしゃべらない。わたしは心の底から、この男を哀れに思った。

「おや、お友だち」とデュパンはやさしく続ける。「ちょっと不必要なぐらいに警戒なさっていますね——うん、ずいぶんひどく。でもわたしたちは危害などいっさい加えるつもりはありませんよ。紳士の名誉にかけて、フランス人の名誉にかけて、あなたを攻撃するつもりはまったくないのです。モルグ街の殺人事件ではあなたには何の罪もないことぐらい、わたしにはよくわかっていますから。それでもね、だからといって、あなたがこの事件に何の関わりもなかったということにはなりません。これまでにご説明したことから、わたしがこの事件について何らかのやりかたで情報収集したことは、おわかりでしょう——たぶんあなたには想像もつかないやりかただとは思いますけれど、ね。さて、今の状況はこうです。あなたはやる気になればできたのに、何も回避しなかった——そう、罪になるようなことは何もしていない。あなたは略奪の罪にすら問われません、しようと思えば何も咎《とが》められることなくものを強奪することができたでしょうに。あなたには隠すことなどなく、隠すための理由もないのです。しかしいっぽう、あなたはあらゆる名誉にかけて、知っていることを洗いざらい告白しなければなりません。ある無実の人間がいま、あなたなら真犯人を名指しできる犯罪の容疑で、投獄されているのです」

デュパンがこう述べ立てているあいだ、船乗りはやっとのことで気を取り直していた。しかし当初見せていたような図太さは影もかたちもない。

「お願いだから助けてくれ」短い間を置いて、彼は懇願した。「この事件について知っていることは何でも話す。——とはいえ、その半分も信じてはもらえまい——信じてもらえるなんて考えるほうが愚かだろうよ。それでもおれは無実なんだ。命にかけても、ぜんぶ白状するよ」

かくして船乗りは、こんな話を打ち明けた。彼は最近、東インド諸島への航海に乗り出した。その一団はボルネオに上陸して、探検を楽しみながら奥地へ分け入った。一行はまさにそこで、問題のオランウータンを捕獲したのだ。自分の相棒が死に瀕《ひん》していたため、この獣は船乗りだけのものとなった。この獲物は帰路の航海中も手に負えないぐらいに獰猛で、さんざんな問題を起こしてはいたのだが、船乗りはとうとうこいつを自分のパリの邸宅にまんまと連れ込んだ。帰宅してからというもの、彼は近所の人々の妙な好奇心を掻き立てぬよう、オランウータンを慎重にかくまった。獣は乗船中に棘《とげ》が刺さって足を怪我《けが》していたから、何とかそれが治るまでは面倒を見ようとしたのである。船乗りの最終目的は、こいつを売り飛ばすことだった。

船乗り仲間との宴会から帰宅した晩、いいかえれば殺人事件が起こった、むしろ早朝になって、彼はこの獣が、それまで厳重に押し込めておいた戸棚から脱走し、隣り合う彼自身の寝室を占領しているのを発見した。カミソリを手にして、石鹼《せっけん》の泡を立て、オランウータンは鏡の前に腰かけ、いまにもヒゲ剃《そ》りを始めようと試みている。ヒゲ剃りの作法については、自分の主人が演じているのを前に戸棚の鍵穴から覗《のぞ》き見て、見よう見まねで模倣したとおぼしい。かくも獰猛なる獣がかくも危険な凶器を手にしているばかりか、それを使うことさえできるのを目の当たりにして、船乗りはしばらくのあいだ、どう対応したらいいのかわからず途方に暮れていた。とはいえ船乗りはそれまで、いかに獰猛な気分にかられている動物でも、鞭《むち》をふるっておとなしくさせるのはお手のものだったため、今回もまた、その手段に訴えた。そのすがたを見るやいなや、オランウータンは部屋の扉からただちに外へ飛び出すと階段を降りて、惜しくも開いていた窓をつたい、街路へと躍り出たのだ。

フランス人の船乗りは死にもの狂いで追いかけた。何しろ猿はいまもなおカミソリを手から放さず、時折屈《かが》んでは後ろを振り返り、追っ手に身振りで挨拶《あいさつ》するうちに、船乗りがいよいよ追いつきそうになる。すると再び猿は追っ手を引き離す。こんなふうにして逃走劇がえんえんと続いた。街路が静まりかえっていたのも、それが明け方三時近いとなれば無理もない。さてモルグ街の裏の横町を通り過ぎるとき、逃走する猿は屋敷の四階、レスパネー夫人の部屋の開いた窓から漏れる光に注意を奪われた。建物に押しかけると、オランウータンは避雷針に気づき、あきれるほどの敏捷さでよじ登ると、壁まで開け放たれていた鎧戸をひっつかみ、それをテコにして、ベッドの頭板へ躍り込む。そのすべての行動を成し遂げるのに一分もかかっていない。鎧戸は、オランウータンが部屋へ侵入したさいに蹴られた勢いで開いたのだった。

船乗りはやがて、歓喜するとともに困惑する。彼は獲物をいよいよ取り戻せそうだというので欣喜雀躍《きんきじやくやく》していた。それはこの猿が自身飛び込んだ罠《わな》から逃げ切るには避雷針を使うしかないが、しかしこの場所に降りて来たら、猿の動きは遮られるだろう。いっぽう、こいつが屋敷の中に入り込んでいったい何をやらかすのかについては、大いに懸念されるところであった。この懸念を抱えるがために、船乗りは依然として逃走する獣を追い続けた。避雷針をよじ登るのは、とりわけ船乗りには雑作もない。ところが、いざ窓の高さまで登りつめ、それが左手遠くに見える位置まで来たとき、彼はもうそれ以上先へ進めなくなった。このとき彼にできたのは、せいぜい身を乗り出して部屋の内部を覗き込むことだったのだけれども、一目見るやいなや、あまりの恐ろしさに安定を失い落下しそうになった。まさにこのとき、あのすさまじい金切り声が夜を引き裂き、モルグ街の住民を安眠から叩き起こしたのである。ナイトガウン姿のレスパネー母娘は、このとき前述した金庫を部屋の中央へ移動させ書類を整理していたらしい。ところが、その金庫は開いており、中身が引き出されて床に散乱していたのである。犠牲者たちは窓に背を向けて座っていたにちがいない。獣が侵入して叫び声が響き渡るまでの時間を考えると、どうやら彼女たちは、すぐにはオランウータンに気がつかなかったようだ。鎧戸がバタバタ音を立てたのも、当然ながら風の仕業とでも思ったのだろう。

　船乗りが覗き込んだとき、この巨大な獣はレスパネー夫人の髪の毛をひっつかみ（櫛《くし》で梳《と》かしていたところだったから束ねていなかったのだ）、床屋の猿真似で、彼女の顔のあたりでカミソリをふりまわしていた。娘のほうは床に横たわったまま、びくともしない。失神してしまったのである。夫人があまりにもけたたましく叫び、けんめいに抵抗したがために（そのさなかに髪の毛は根元からごっそり引き抜かれたというわけだ）、オランウータンの穏やかな心は怒りの心に変わった。筋肉質の腕を力強く一振りすると、彼女の頭部は身体からほとんど千切れそうになった。血を見るやいなや、その怒りはめらめらと燃え盛り、狂気へと達する。ぎりぎりと歯ぎしりするばかりか、瞳をらんらんと輝かせて、こんどは娘のほうへ躍りかかると、その恐るべき鉤爪《かぎづめ》を喉へ突き立てて押さえ続け、そのあげく娘はとうとう息絶えた。獣は部屋をうろつきまわり、あたりを狂ったように見回すうちに、ベッドの頭の部分に行き当たり、その上の窓の外から自分の飼い主が恐怖に凍り付いた面持ちでいるのに気づく。獣の脳裏にはいまなおあの恐ろしい鞭の記憶が残っていたから、その怒りはたちまち恐怖へと転じた。罰を受けるようなことをやらかしてしまったという思いから、獣は血塗られた屍体をどこかへ隠したい気持ちに駆られ、居ても立ってもいられないようすで室内を跳びまわる。その動きにつれて、家具を抛《ほう》りだしたり壊したり、ひいてはベッドを枠組みから引きはがしたりもした。そしてとうとう、獣は娘の屍体を摑《つか》み上げると、のちに発見されたように煙突孔の内部へ押し上げた。それに引き続き、獣はただちに母親の屍体を窓からまっさかさまに放り投げた。

猿が惨殺《ざんさつ》屍体を手にして窓へ近づいて来たときには、船乗りは恐怖のあまり避雷針へと身を縮め、それにつかまって這い下りるというよりは滑り降り、一目散に帰宅した――あの残虐事件がどんな展開になるのかが怖くて怖くて、恐怖のあまり、オランウータンの運命なんてどうなろうが知ったことじゃない、という気持ちだったのだ。そう、階段を昇って来た一団が耳にした言葉は、このフランス人が恐怖と驚愕のあまりに発した叫びだったのであり、それが獣の凶悪なるたわごとと入り交じってしまったのである。

付け加えることは、ほとんどない。オランウータンは避雷針を利用して部屋から逃走したのであり、そのあとになって、捜索隊の一団がようやく扉をこじ開けた、ということだ。そして獣は、逃げる間際《まぎわ》に窓も閉め切って行った、ということだ。そのち、オランウータンを捕獲した飼い主は、この獣と引き換えに植物園から莫大なカネを手に入れた。ル・ボンはといえば、わたしたちがパリ警視総監の執務室にて事情説明したおかげで（デュパンの所感も含まれていた）、すぐに釈放された。警視総監は、いかにわが友デュパンに好意的とはいっても、事件がこんな展開になるとは思わなかったようで悔しさを隠し通すこともなく、ひとつの仕事にかまける人間というのがいかにご立派であるか、一言二言あてこすりを呟くばかりであった。

「言わせておけばいいさ」デュパンは言い返す必要などまったく感じていないふうであった。「ご高説を拝聴しておけばいい。それによって良心の呵責《かしやく》も収まるんだろうから。ぼく自身は、奴の牙城《がじよう》で警視総監本人の鼻を明かしてやったというだけで満足だよ。にもかかわらず、奴がこの事件を解決し損ねたというのは断じて、奴自身のいうほど不思議なことでも何でもない。というのも、われわれの友である警視総監は、あまりに小賢《こざか》し過ぎて深遠なる思考に立ち至っていなかったというのが、事の真相なのだ。知性はあってもそこに芯《しん》がない。頭ばっかりが先行して身体がついていかないんだな、ローマの女神ラヴェルナの絵のように。あるいは、せいぜいが鱈《たら》みたいに、頭と肩しかなかった、ということだろうか。でもね、そうは言っても警視総監はいい奴なんだぜ。ぼくが奴を評価してるのは、彼がその才能ゆえに評判を勝ち得ることになったいきさつについて、ひとつのみごとな名言があるからだ。それはね、ルソーも『新エロイーズ』で言うように『存在するものを存在しないと言い、存在しないものばかり語りたがる』ということさ」

盗まれた手紙

あまりに小賢《こざか》しいふるまいほど、良識ある人々にとって不愉快なものはない。

――セネカ

ところはパリ、ときは一八——年の秋、陽がとっぷりと暮れて風が身にしみる頃合いになった夕刻のこと、わたしはわが友C・オーギュスト・デュパンの住むサン・ジェルマン郊外はデュノー街三十三番地の四階奥にある小さな書斎というか書庫の中にいて、彼とともに、瞑想《めいそう》にふけりながら海泡石製のパイプをふかすという二重のぜいたくに酔いしれていた。少なくともたっぷり一時間は、ふたりとも黙りこくっていたろうか。その間というもの、誰かが何の気なしにわれわれを見かけたとしたら、部屋いちめんにもうもうと煙草《たばこ》のけむりを繰り出すことにばかり、かまけているかのように映ったことだろう。しかしわたしはといえば、この日、夕方になりかけたころ、ふたりのあいだで交わされていたいくつかの話題について、じっくりと考えていた。それは、モルグ街の殺人とともにマリー・ロジェの事件である。したがって、部屋の扉がいきなり開いて、旧知のパリ警視総監G——氏が入ってきたときには、まさに奇遇を感じたものである。

わたしたちはG—氏を大歓迎した。というのも、この人物には、どうしても小馬《こば》鹿《か》にしたくなるようなところが半分、それでも一緒にいて楽しくなるようなところが半分、備わっていたからだ。それにここ数年というもの、彼の顔を見ていなかった。わたしたちは暗闇《くらやみ》のなかに腰をかけていたので、デュパンは立ち上がってランプを灯《とも》そうとしたが、しかしけっきょくは灯さないまま再び座り込んだ。というのも、G—氏が、とんでもなく厄介な事件が起こって正式に捜査しなければならなくなったので、ついてはわれらふたりに相談したい、とくにわが友デュパンの意見を聞きたい、と明かしたからだった。

「もし熟考を要する問題だとしたら」とデュパンは灯心に火をつけるのを控えながら言った。「暗闇の中で吟味するのが得策だろう」

「あいかわらず珍妙なことを考えるもんだな」と警視総監。彼には自分の理解を超えた物事については何でもかんでも「珍妙」と呼ぶ癖があった。ということは、彼はまさしく「珍妙でいっぱいの世界」（"oddities"「奇癖」の意もある）に暮らしていたわけである。

「ご名答」デュパンは訪問者にパイプを与え、心地よい椅子《いす》を差し出しながら言った。

「それで今回は何が問題なんです?」とわたしは訊《たず》ねた。「またぞろ殺人事件が起こったなんてのは、いやだなあ」

「とんでもない、こんどのはぜんぜん別の種類だ。じっさいこの事件はとっても単純なんでね、われわれの力だけでじゅうぶん解決できるはずなんだが、しかし事件の性質があまりに珍妙なんで、デュパンが詳しいところを聞きたいんじゃないかと思ったんだよ」

「単純で珍妙か」とデュパン。

「うん、そのとおりなんだが、必ずしもそうとは言い切れないところもある。げんに、今回の事件があまりにもわかりやすいにもかかわらず、ことごとくわかりにくいところもあるんで、みんな目を白黒させてるんだ」

「たぶん事件の単純さそのものが解決を難しくしてるんじゃないかな」とわが友。

「これはまたバカバカしいことを言う！」と警視総監はカラカラと笑いながら返した。

「たぶん謎《なぞ》はあまりに明々白々なんじゃないか」

「ご冗談を！　たわごとを抜かすな」

「あるいは、謎があまりにも自明すぎて見えないとか」

「わーはっはっは！　こいつはいいや！」訪問者は腹を抱えてゲラゲラ笑った。「デュパン君、君のせいで笑い死にしそうだよ！」

「いったいぜんたい、どんな事件なんです?」とわたしは訊ねた。

「もちろん、これから話してやる」警視総監は煙草を一吹きするのにゆっくり、じっくりと黙想にふけるかのごとく時間をかけ、それから椅子に腰をおろした。「話してやるよ、手短かにな。しかし説明する前にくれぐれも心してもらわにゃならん、今回の事件ほど厳重な機密事項はないぞ。しかも、わしが第三者にこのことを漏らしたなんて知れたら、十中八九、クビが飛ぶ」

「わかりました、話してください」とわたし。

「話したくなければ、しかたがないけど」とデュパン。

「よろしい、説明しよう。ことの起こりは、まずわしが、さるやんごとなき方面から、ひとつのあまりにも重大な文書が宮殿の部屋より盗まれたということを、個人的に知らされたことだ。盗んだのが誰か、それはもうわかっている。疑いの余地はない。だいたい、その人物は文書を盗むところを目撃されてるんだ。そして、彼がまだその文書を握っているということも、すでにわかっている」

「どうやってわかった?」とデュパン。

「推理すれば一目瞭然《りょうぜん》なのさ」と警視総監。「まず文書の性質を考え、つぎに文書泥棒の手を離れた場合にすぐにも表面化するはずの顚末《てんまつ》がいまだに起こっていないということを考えればいい。つまり、泥棒はその文書をいずれ何らかのかたちで利用するだろうが、いざ利用したら起こるはずのことがまだ起こっていない、ということさ」

「もうすこしわかりやすく言ってくれませんか」とわたし。

「うむ、あえて言ってしまうとだな、この文書を盗んだ者は、一定の権力がとてつもなく尊重される一定の領域において、たいへんな権力を手に入れたことになる、ということだ」警視総監はいかにも外交儀礼風の言い回しがお気に入りのようすだ。

「まだまだ釈然としないな」とデュパン。

「おや、そうかね？　この文書を、いまは名を秘す第三者の手に渡してしまったことで、さるたいへんに高貴なお方の名誉が汚《けが》されるんだぞ。その結果、この文書泥棒は、名誉も安泰も脅《おびや》かされるようになったこの高貴なるお方に対して優位に立つ、というわけだ」

「しかし、いくら優位に立つとは言っても」とわたしは口をさしはさむ。「そうなるためには、文書の持ち主に泥棒が誰だか悟られているということを泥棒自身が意識していなくちゃならないんじゃないか。いったい誰が好きこのんで——」

「文書を盗んだのはね」とG—氏は答えた。「D—大臣なんだよ。奴《やつ》こそは、人間としてしかるべきこともあるまじきこともぜんぶやってのけるんだ。どうやって盗みだしたかといえば、大胆にして巧妙なんだな。問題の文書というのは、ずばり言って一通の手紙なんだが、これを受け取ったとき、その人物は宮殿の閨房《けいぼう》にひとりきりだった。ところがそれに読み耽《ふけ》っていると、部屋にいきなりほかの高貴なる人物がやってきて、この相手にだけは、彼女は手紙のことを秘密にしたかったんだな。引き出しにしまおうとあわてたけれども後の祭り、けっきょく手紙を開いたままのかたちでテーブルの上に放置しなくちゃならなかった。もっとも宛名《あてな》が上になって中身は隠れていたんで、手紙に何が書いてあるかは気づかれなかったよ。ところが、まさにその危機的瞬間にだな、D──大臣が入ってきて、眼光鋭い彼はたちまちその手紙に目を留め、宛名の筆跡から差出人が誰かも察しがつき、まさしくその宛名たる人物が狼狽《ろうばい》しているので、彼女の秘密を嗅《か》ぎつけてしまったというわけさ。いくつかの業務報告をいつもどおりさっさと済ませると、大臣は問題の手紙にとてもよく似た手紙を取り出して、それを開いて読むふりをし、そしてそれをもう一通のすぐそばに並べて置いたんだ。そのあと彼は再びかれこれ十五分ばかり、公務に関する話題に打ち興じる。そしてとうとう、いとまを告げるときになって、彼は自分のものではないほうの手紙をまんまと盗み取った。もちろん、その正当な所有者たる彼女は一部始終を見ていたさ、ところがね、すぐそばにいた第三者のことを考えると、大臣のそんなふるまいを注意するわけにもいかなかったんだな。かくして大臣は立ち去ってしまう。自分自身のろくでもない手紙をテーブルの上に置き去りにしてね」

「だったら証明されたね」とデュパンはわたしに言った。「これで君の訊ねた優位に立つ手順はできあがりだ。手紙の持ち主が泥棒の正体を察しているということを、泥棒本人もきちんとわきまえていたんだから」

「ご明察」と警視総監。「そのあげく手に入れた権力を駆使して、泥棒は過去数ヶ月ものあいだ、政治的に立ち回り、それがずいぶん危険な水準にまで及んでいる。被害者当人はといえば、手紙を取り戻さなければならないと日増しに決意を固めているんだ。ところがね、言うまでもなく、この件に関しては、おおっぴらに対処するわけにはいかんのだよ。そんなわけで、彼女はこの事件の処理をこっちに全面的に任せる、と頼んできたんだ」

「適任だね」とデュパンは煙草のけむりをぷかぷか旋回させながら言った。「警視総監以上に敏腕な捜査官は望みようもないし、想像だにできないさ」

「そう言われると照れるねえ」と警視総監。「しかし、おそらくはそんな意見が出たんだろうとは思うけど」

「はっきりしているのは」とわたし。「すでに指摘があったとおり、手紙はいまなお例の大臣が手にしているということですね。彼が権力を発揮できているのは、まさに手紙を手に入れてしまったためであって、それを利用したためじゃない。もし利用してしまったらさいご、権力は水の泡になるでしょう」

「そのとおりだ」とG―氏。「わしもそう信じて動いてるんだ。最初にやったのは、大臣の官邸を徹底捜索することさ。ところがね、ここでの困りものは、いかにして奴に気づかれないで捜査できるかってことなんだ。こっちの意図を怪しまれるような動きに出たら、いちばん危険だからね」

「それでも」とわたし。「捜査に関してはなかなか有能じゃないですか。パリ警察にはこれまでの経験がありますから」

「そうそう。だからこんどもわし自身は望みを失ってるわけじゃない。大臣の習性も大いにプラスになるしね。奴は一晩中、官邸を空けることがしょっちゅうなんだ。召使だって決してたくさんいるわけじゃない。連中は主人の部屋からずいぶん離れたところで眠っているし、主としてナポリ人なものだから、すぐに酔わすことができる。ごぞんじとは思うが、わしはパリの中ならどんなタイプの部屋でも開けられる鍵《かぎ》をたくさん持ってるからね。ここ三ヶ月というもの、わし自ら、毎晩毎晩相当な時間をかけて、D―の官邸をずいぶん捜索したもんだよ。こちらの名誉がかかってるし、それにこれは重大な秘密なんだが、成功すれば莫大《ばくだい》な懸賞金が出る。それだけに、この手紙泥棒がわしよりも頭がいいということがとっくりと腑《ふ》に落ちるまでは、捜査を打ち切らなかったよ。わしはあの建物の隅から隅まで、あの手紙が隠せそうだと思えるところはしらみつぶしに探したものさ」

「でも、こういうふうにも考えられるんじゃないでしょうか」とわたし。「つまり、肝心の手紙がまだ大臣の手元にあるのは確実としても、官邸以外のどこかに隠したんじゃないか、と」

「それだけはありそうもないな」とデュパン。「宮廷内部で起こった事件もさることながら、とりわけD―大臣がからんでいる陰謀そのものがこれだけ珍妙な性格をきたしているのを考えると、その手紙はすぐにも手にしやすかったにちがいない――つまりすぐにも取り出しやすいものだったにちがいないんだ――この点は、手紙を手に入れることと同じぐらい重要だよ」

「取り出しやすい、というのは？」とわたし。

「とりもなおさず、破棄するのも簡単だろう、ということさ」とデュパン。

「そりゃそうだ」とわたし。「手紙が大臣の官邸内にあるのはまちがいありませんね。大臣が肌身離さず持っているのかどうかは、問題にするまでもないし」

「もっぱら」と警視総監。「奴のことは二度にわたって、追いはぎでもするみたいに待ち構えて、徹底的に身体検査したんだぜ」

「するだけ無駄だったろう」とデュパン。「ぼくの見るところ、D―大臣はまるっきり馬鹿ってわけじゃない。だとしたら当然、身体検査されるなんてことはお見通しだったはずだよ」

「たしかに、まるっきり馬鹿ってわけじゃないさ」とG―氏。「だがね、奴は詩人でもあるんだよ。馬鹿と大差ない」

「そりゃそうだ」とデュパンは海泡石製のパイプから長く思い入れたっぷりに煙草のけむりを吐き出してから、呟いた。「自分でも下手な詩なんか書くんじゃなかったと思うしね」

「もうすこし詳しく」とわたし。「捜査の細部を説明してくれませんか」

「そうさな、具体的にはわしらはじっくり時間をかけて、官邸中をくまなく捜索したんだ。この手の捜査は長いこと経験してるからね。ともあれ建物全体を調べるのに、部屋という部屋を嗅ぎ廻《まわ》ったのさ、一部屋に一週間という時間をかけて毎晩毎晩、捜査した。最初に調べたのは、各部屋の家具だよ。開けられる引き出しはぜんぶ開けた。たぶん知ってるだろうが、きちんと訓練を受けた警察官にとってはね、秘密の引き出しなんて存在しないも同然なんだ。この手の捜査をやっていて『秘密の』引き出しなんてものに目くらましされるような人間はろくでなしに決まってる。ことは至ってわかりやすいのさ。どの棚にもしかるべき嵩《かさ》というか空間があるわけだから、そこを正確に計測する。一ライン（十二分の一インチ：約二・一ミリ）の五十分の一ほども見逃しはしない。戸棚を調べたあとには椅子だ。クッションに何かが入っていないか、君らも見たような精巧なる長い針でつつくんだ。テーブルからは天板を取り去る」

「なぜそこまで？」

「ときとしてテーブルの天板ないし同様に組まれた家具というのは、秘密の品を隠したい人間によって取り外されることがあるからさ。テーブルの脚の内部が空洞に掘られて、そこに何かを隠し、再び天板を元に戻すんだ。ベッドの四隅の支柱の底部だって上部だって、同じように利用できるし」

「でも脚の内部の空洞だったら音の反響でわかりませんか？」とわたしは訊ねた。

「もしも肝心の品をそこに入れるときにしっかり詰め綿でもされていたら、そのやりかたじゃわからんよ。そのうえ、わしらの場合は、絶対に音を立てちゃいけないしね」

「しかし、いくらそういうふうに秘密の品をしまい込めたとしても、その疑いのある家具の部品をぜんぶ取り去るわけには――バラバラに分解するわけには――いかないでしょう。手紙だったら、細い螺旋《らせん》状に巻いてしまうと、かたちのうえでも大きさのうえでも大型の裁縫針とあんまり変わらなくなります。そうなったら、たとえば椅子《いす》の桟に挿入することだってできる。椅子のほうはバラバラにするまで調べたんですか?」

「そんなこと、するわけない。でもね、もっといい方法がある。わしらは官邸中の椅子という椅子を、そして家具のありとあらゆる接合部分を、じつに強力な顕微鏡を活用して調べたんだ。最近になって変調をきたしている痕跡があったりすれば、たちどころにわかったはずだよ。仮に錐《きり》のくず一粒でも残っていたとしたら、リンゴぐらいの大きさにまで映し出したろうから。はたまた、結合部分の接着に何かしら異常があれば――接合部分がぎこちなく割れ目を生じていたりすれば――捜査の眼を逃れるわけがない」

「鏡はじっくりごらんになったんですよね、とくに鏡の貼《は》られた板とガラスの間とか。それからカーテンや絨毯《じゅうたん》同様、ベッドもベッド用のシーツや毛布なんかも」

「あたりまえだ。そもそも、こんなふうにして家具のありとあらゆる部品に至るまでくまなく調べ上げたあとには、官邸全体を捜索してるんだ。まず表面をいくつかの部分に分けて番号を振り、何一つ見落としがないようにした。そのあと官邸の建物全体のうち平方インチ単位で分析し、ついでにすぐ隣の家二軒に至るまで、例のとおり顕微鏡にかけたよ」

「隣の家二軒もやったんですか！」わたしは叫んだ。「それはそれはいろいろ面倒だったでしょうね」

「しかたがないさ。なにしろ賞金が莫大だからね」

「建物のまわり、敷地も見ました？」

「まわりはぜんぶレンガで舗装してある。だから大して問題はなかった。レンガのあいだの苔《こけ》を見ればいいんだからね、何の乱れもなかったよ」

「D——大臣の書類の束は漁《あさ》ったんですね、それから書斎の蔵書類も？」

「ぬかりないよ。ありとあらゆる包みや荷物を開いたさ。本だって一冊残らず開けてみただけじゃなく、一ページ一ページめくってみたよ。警察官の流儀でね、たんに本を振ってみただけじゃ物足りないから。それればかりか、本のカバーがどれぐらい厚いかも、正確無比な計測法で計ったし、それぞれを顕微鏡で細心の注意を払って調査済みだ。その造本にちょっとでも最近いじった跡があったなら、見逃すなんてことはとうていありえない。五冊か六冊については、製本されたばかりのものだったが、ともあれ針を使って縦割りに徹底吟味したよ」

「絨毯の下の床も探りました？」

「もちろん。絨毯という絨毯を引きはがして、板張りの部分にも顕微鏡を当てたからね」

「壁紙も？」

「当然」

「地下室も見た？」

「ああ」

「だったら」とわたし。「やっぱり計算ちがいなんじゃないでしょうか。ご推察のとおり、手紙はその建物には残っていないのかも」

「どうやらそうかもしれんな」と警視総監。「はてさてデュパン、わしはいったいどうしたらいいと思う？」

「官邸を徹底的に再調査することだ」

「絶対に無駄さ」と警視総監。「手紙が官邸に存在しないのはまちがいないんだ」

「それ以上のアドバイスはしてやれないな」とデュパン。「問題の手紙がいったいどんなかたちをしてるのか、正確にわかってるんだろうね？」

「もちろん！」――かくして警視総監はメモ帳を取り出し、盗まれた手紙の中身と外観とがいったいどんなふうなのか、その特徴を細大漏らさず読み上げた。ひととおりまくしたてると、彼はこれまでにないぐらい落ち込んで帰って行った。

一ヶ月ほどしたころ、警視総監は再びやってきて、わたしたちが前と同じようすなのを目に留めた。こんどは進んでパイプを取り出し椅子に腰掛けると、どうということのないおしゃべりを始める。とうとうわたしは口を開いた。

「ところで警視総監、あの盗まれた手紙はいったいどうなったんです？　あの大臣に泡を吹かせるなんてことはできないとハラをくくりましたか？」

「あれはまったく、とんでもない奴だ！　――でもそのとおり。もういちどデュパンの勧めにしたがって調査してみたんだが、想定どおり無駄骨だった」

「賞金はいくらだったっけ？」とデュパン。

「うん、とにかくたいへんな額だよ――ほんとに大金なんだ――きっちりいくらかは明かせないが、ひとつだけ言えることがあるとしたら、わしのためにその盗まれた手紙を取り戻してくれたらどんな奴にでも、五万フラン（二〇〇九年現在で推定一億二千五百万円）の小切手を差し上げよう。じつをいうと、この事件は日増しに価値が上がってるんだ。賞金のほうも最近じゃ二倍になったらしい。しかし、三倍になったとしても《いま以上のことはできない》」

「ふうむ、そうか」とデュパンは煙草をくゆらしながら、何とも物憂《ものう》げに答えた。「ぼくが考えるにG―さん、あなたはどうもこの件に関して、ぎりぎりまで力を出し切っていないんじゃないかな。もうひとふんばり――したっていいと思うんだが」

「何だと？　これ以上、いったいどうしろっていうんだ？」

「ふむふむ」とデュパンは応じながら、煙草をぷかぷか吹かし続けた。「つまりさ、ちゃんと忠告を聞いたらいいんじゃないかと思うんだよ」パイプの煙がぷかぷか渦を巻く。「たとえばさ、イギリスの外科医のジョン・アバネシー（一七六四―一八三一年）について、みんなが噂《うわさ》してたこと覚えてるかい？」

「知らん。アバネシーなんて死んじまえ！」

「いいぞいいぞ、アバネシーを殺すの結構。だけどね、むかしむかしカネをがっちり溜《た》め込んだ守銭奴が、まさにこのアバネシーにびた一文払わず医学的意見を引き出そうと企んだ。この目的を果たすのに、こいつは気のおけないかたちでおしゃべりできるよう仕組んで、ある人がかかっている病気のことを尋ねるかのようにみせかけ、じっさいには自分自身の病気のことをじわじわ聞き出したんだ。

守銭奴はこう語った――『思うんですが、これこれの徴候が出ているとすると、さてお医者様ならいったい何を飲むよう処方なさいますか?』とね。『そりゃもちろん!』とアバネシーは答えたよ。『助言を飲め、それしかない』」

「そうはおっしゃいますがね」と警視総監は、いささか落ち着きがない。「わしだって喜んで助言を飲みたいし、そのためならカネだって惜しくない。助けてくれるんなら誰にだって五万フラン払うよ、本気だぜ」

「だとすれば」とデュパンは答えながら、引き出しを開けると小切手帳を取り出した。「たったいまお申し越しの金額で小切手を切ってくれたまえ。サインし終わったら、例の手紙をお渡しするから」

わたしは腰を抜かした。警視総監も衝撃から立ち直れないようすだ。彼は数分間は声もなく身じろぎもせず、あんぐり口を開けてわが友をいぶかしむように見つめていたが、その眼球はいまにも眼窩《がんか》から飛び出してしまいそうに見えた。やがて彼はほうほうのていでペンを握り、何度かためらいながら、そして目を丸くしながら、ようやく五万フランの小切手を切りサインを終え、テーブル越しにデュパンに寄越したものである。デュパンはその小切手をじっくり確かめると財布にさしはさんだ。そして、ライティングデスクの蓋《ふた》を開けるとそこから一通の手紙を取り出し、警視総監へ手渡した。受け取った側は天にも昇る心地で身をよじらせ、ふるえる手で開くと中身を速読し、扉のほうへあわただしく向かい、いっさい挨拶《あいさつ》抜きでこの部屋からも屋敷からも飛び出して行った。デュパンが小切手を切るよう求めてからというもの、警視総監はただの一音節も口にしていない。

相手が姿を消すと、わが友は種明かしを始めた。

「パリ警察というのは」と切り出す。「それなりにすばらしく有能なんだ。連中は忍耐強いうえに頭は切れるし狡猾《こうかつ》なところすらあるし、何より自分の義務を果たすのに必要な知識をたっぷり持ち合わせている。だからね、G―氏がD―大臣官邸の建物をいかに捜索したのか、われわれにとうとうと語ってくれたとき、ぼくは彼がじゅうぶんな捜査を行ったことで自信満々なのを感じたよ――彼の力が及ぶ限りにおいて、ではあるけれどね」

「彼の力が及ぶ限り？」とわたしは訊《き》く。

「そう」とデュパン。「連中が採用した方法論は最高のたぐいのものだったばかりか、これ以上ないほど完璧《かんぺき》に駆使されていた。もしも例の手紙が連中の調査の範疇《はんちゅう》に納まっていれば、パリ警察は疑いなく発見に至っていただろう」

わたしはつい笑ってしまった――とはいえデュパンのほうは大真面目《おおまじめ》だった。

「ということは、連中の方法論そのものは」と彼は続けた。「じつに適切な種類のもので、じつにうまく運用されたということなんだ。欠陥があったとすれば、この事件には、そしてこの大臣には、その方法論があてはまらなかったということに尽きる。警視総監が持ち合わせているような高度に知的な才能というのは、ギリシャ神話でいうプロクルーステースの寝床と同じで、自分の都合をむりやり押しつける杓子《しゃくし》定規なものなんだな。この手の人物は、せっかくの重大事件を相手にしていても、深読みしすぎたり浅はかすぎたりして、間違えるのが常だ。推理能力という点では、たいていの学童のほうが警視総監よりもはるかに優れているよ。ぼくが知っていた子供はたった八歳だけど、『丁か半か』のゲームでは外したことがなくて、広く賞賛されたものさ。このゲームは単純でね、おはじきで勝負するんだ。ゲームの参加者は片手におはじきをたくさん持って、対戦者に持っている数が偶数（丁）か奇数（半）かを訊《たず》ねる。もしそのときの推測が当たっていれば、当てた人間はおはじきを一つもらう。間違っていたらおはじきを一つ取られる。いま紹介した少年はね、けっきょく学校中のおはじきをせしめたんだよ。もちろん、彼は当て推量の原理をふまえていた。そしてその原理というのは、相手の知性をきっちり観察して測定することに尽きた。たとえば、まったくのうすのろが相手で、自分の手を握りしめたまま『丁か半か？』と訊ね、それに少年が『半だ』と答えて負けたとしよう。しかし二回戦では勝つに決まっている。

というのも、少年は秘《ひそ》かにこう考えるからだ――『このうすのろは一回戦で丁で勝ったから、その知性の程度はせいぜい、二回戦では半を出すほどのものだろう。だからこそ、ぼくは半だと言おう』かくして彼は半と言い、みごとに勝利を収めるのだ。さて、こんどは最初のうすのろよりほんのちょっぴり賢いうすのろの場合、その推理はこんなふうになるだろう。『こいつは一回戦でこっちが半と言ったのを見ているわけだから、二回戦では当初は丁から半に動かすという単純な変化をつけてくるはずだ、最初のうすのろ同様に。とはいえ、そのあとよくよく考え直してみれば、こういう変化のつけかたじゃ単純すぎやしないか、ということになり、前と同じ丁を出す』かくしてこっちの推理は丁で決まり、みごと栄冠に輝くわけだ。さあさあ、こういう学童の推理方法は、仲間たちからたんに『強運』と呼ばれるばかりだが、けっきょくここでは何が起こっているのか、わかるかね?」

「これこそまさに」とわたし。「推理する人間の知性を推理される人間の知性と同一化させる方法だ」

「そのとおり」とデュパン。「この少年には具体的に、いったいどうやって相手との完璧な知的同一化を図って手の内を当てたのか、訊ねてみたんだよ。するとたちまち、こんな答えが戻ってきた。『相手がどれだけ賢いのかそれとも馬鹿《ばか》なのか、はたまた善良なのか邪悪なのか、賭《か》けの最中に何を考えているのかを知りたいと思ったら、ひとまず相手の顔の表情とそっくり同じに自分の顔の表情を作ってみて、あとはひたすら待つんだよ――自分の頭や心のうちに、あたかもそんな表情にふさわしいものとして、いったいどんな思考や情緒が浮かんでくるのか、その瞬間を』この少年の答えこそは、ありとあらゆる知的深淵《しんえん》まがいの奥底に横たわっているものさ――フランスの作家ラ・ロシュフコーやラ・ブリュイエール、イタリアの政治家マキャヴェリやイタリア・ルネッサンス最大の哲学者カンパネッラの思想の成り立ちを見るがいい」

「この知的同一化というやつだが」とわたしは続けた。「推理する人間の知性を相手の知性に重ね合わせるわけだよね、するとそれは、君の言っていることをぼくがきちんとわかっているとすればだが、相手の知性をきっちりと計算できているかどうかにかかってくるんじゃないだろうか」

「実質的な効果を上げるには、それができていないと話にならない」とデュパンは答えた。「警視総監とそのお仲間たちが往々にして失敗するのはね、まずはこうした敵との知的同一化が図れていないため、つぎに肝心の敵の知性について誤算というか、言い換えればまったく無計算なかたちでのぞむためなんだ。連中は自分たちがいかに頭がいいかということしか考えていない。しかも、隠された秘密を探るのでも、いったい自分たちだったらどうやって隠すだろうというふうにしか考えない。連中が正しいのはね——その頭の作りが大衆の頭の作りをそっくりそのまま代表しているということぐらいだ。ところが肝心の悪党の知性が警察当局とはまったくちがう性質の場合に、まんまと出し抜かれてしまうというわけだ。敵の知性が自分を上回っているときに陥りやすい罠《わな》だが、しかし下回っているときにも例外ではない。けっきょく警察というのは捜査するさいの原理が一本調子なんだな。せいぜいのところ、たとえば異常なほどの緊急事態であるとか——それこそ法外な賞金が保証されているとか——というときになって、原理そのものは再検討することなく、古臭い捜査方法を焼き直したり膨らましたりするばかり。たとえばさ、このD—大臣の場合だって、警察の捜査の原理そのものについては、何も変わっちゃいないよ。顕微鏡まで持ち出してあちこちつついたり探ったり叩《たた》いたり測ったり、はたまた建物の表面をきっちり規格どおりの平方インチで分析してみせたりしたろう——これってけっきょく、警視総監が長年の職業経験から慣れ親しんだ人間知性をめぐる一連の固定観念をもとに、ひとつの捜査原理ないし一連の捜査原理の応用を膨らましてみせただけのことだろう？　君にはもうわかると思うけど、警視総監の大前提は、人間というのはみんながみんな、手紙を隠すためには——必ずしも椅子《いす》の脚に空けた錐《きり》の穴というわけではないにせよ——少なくとも、それと似たり寄ったりの発想で椅子の脚に空けた秘密の穴かどこかに手紙を隠そうとするはずだ、というものだ。ところが、かくも手の込んだ隠し場所は常識の範囲内だし、いかにも常識的な知性が思いつきそうな場所だってこともわかるだろう。なぜなら、そもそも何かを隠すさいには、秘密の品の隠し方というのが――それも手の込んだかたちで隠そうとするやり方が――何よりもまず誰の目にも想定範囲内だし、じっさい見抜かれてしまうからだ。したがって秘密の品が見つかるかどうかは、それを探す人間がいかに頭が切れるかどうかという点にではなく、たんに配慮ができるかどうか、忍耐強いかどうか、はたまた決断力に優れているかどうかという点にかかっているんだよ。そして、事件が重大なものである場合――同じことでも警察の眼から見れば、賞金額が莫大《ばくだい》なものである場合――いま指摘したような能力こそが最強なんだ。君にはもうわかるだろう、盗まれた手紙が警視総監の捜査範囲に隠されているとするなら――つまり手紙の隠匿《いんとく》原理が警視総監自身の原理に照らして了解できてしまうようなものなら――それを発見するのは造作もないはずだと示唆《しさ》したとき、ぼくが何を言いたかったのかを。警視総監はね、しかしとことん煙に巻かれてしまったのさ。その敗因の遠因は、この大臣が詩人として評価されているぐらいだから馬鹿に決まっている、と思いこんだところにある。馬鹿な奴《やつ》はみんな詩人だ――警視総監はこう感じたんだ。彼が犯した論理的な誤謬《ごびゅう》というのは、したがって、すべての詩人が馬鹿に決まっていると推測したことなんだよ」

「でも大臣自身は詩人だったっけ?!」とわたしは訊ねた。「兄弟がいたのは知ってる。それに、兄弟がふたりそろって文筆で知られていることもね。でも大臣自身は微分学に造詣《ぞうけい》が深かったとは思うけど、数学者であって詩人ではなかったような」

「それはちがうよ。奴のことはよく知ってる。詩人でもあり数学者でもあるんだ。その双方だからこそ、論理的能力に優れているんだよ。もしも数学者の顔しかなかったら、論理的にはゼロに等しかったはずだし、それこそ警視総監にまんまとしてやられたことだろう」

「これはまた驚きだな」とわたし。「君の意見は世間的常識とはまったく食い違う。何世紀も培《つちか》われ咀嚼《そしゃく》されてきた見解を無視するつもりじゃないだろうね。数学的理性こそは長いあいだ至上の理性と見なされてきたのに」

「『おそらく』」とデュパンはフランスの作家シャンフォールの『箴言集《しんげん》』(一七九五年)から原文のまま引用してみせた。「『社会通念とか一般常識とかいったものがすべて戯言《ざれごと》なのは、多数派のためばかりに仕立てられているからだ』断言するが、数学者というのは、たったいま君が口にしたような大衆一般の誤謬を広めることにこそ血道を上げてきた連中だぜ——その誤謬はどこまで行っても、真実として流布《るふ》されたということであっても誤謬でしかない。たとえばね、しごくもっともな技法を駆使して、数学者たちは『解析』なる用語を代数の応用に刷り込んだ。フランス人というのはこの手の欺瞞《ぎまん》の創始者なんだな。でもね、もしもひとつの単語が重要になるとしたら——つまり言語がどんどん応用されることで何らかの価値を引き出すとしたら——『解析』が『代数』を意味するというのであれば、たとえばラテン語でもともと票集めに奔走するという色合いをもつ『ambitus』が『野心（ambition）』を、義務的に従わなければならないものなら迷信でも良心でもよかった『religio』が『宗教（religion）』を、かてて加えて高名な人間を原義とする『hominess honesti』が『高貴なる人々（honourable men）』を意味するようになったと言うのと同じぐらいバカバカしい話だ」

「まるでパリの代数学者何人かにケンカを売ってるみたいだな」とわたし。「まあいい、続けてくれ」

「抽象的論理以外の特別なかたちで発展した理性の有用性や価値に対して、ぼくは否定的な立場を取っている。とりわけ数学研究から出てくるような理性というのは、ぜんぜん駄目だと思う。数学というのは形と量を扱う科学だ。数学的理性というのは形と量にもとづく観察に適用すべき論理でしかない。ここで大きな誤謬は、純粋代数学と呼ばれる分野の真理ですら抽象的ないし一般的真理と見なされることから生じる。この誤謬はとんでもないもので、ぼくはいったいどうしてこんなことが広まってしまったのか当惑してるんだよ。数学上の公理というのは一般的真理の公理ではない。形や量といった関係性の水準でならうまくあてはまることでも、たとえば倫理の水準に置くとまるっきり食い違ってくる。とくに倫理学の分野だと部分の集合が全体に等しいなんてことはありえないからね。化学の分野でも同じことで、数学の公理はあてはまらない。動機の問題を考えてみればわかるよ。というのも、ふたつの動機がそれぞれに一定の価値を帯びている場合、仮にふたつを組み合わせたからといって、両者の価値の総和に等しいものが得られるとは限らないんだから。このほかにも、関係性という限界の中でのみ真理として成り立つ数学的真理の実例は、枚挙にいとまがない。とはいえ数学者というのは、有限の真理から出発して習慣を通じ、あたかも自分たちの真理こそ絶対的に一般的な応用可能性があるかのように——それこそが世界の理想であるかのように——語りたがる。イギリスの古物蒐集《しゅうしゅう》家ジェイコブ・ブライアントは学識あふれる著書『新体系、または古代神話学の分析』(一七七四—七六年)の中で、似たような誤謬の原因についてこんなことを言っている——『異教の伝説など信じる者はいないのに、それでもわれわれはたえずそのことを忘却してしまい、そうした伝説群をあたかも現実の連なりのように捉《とら》え、そこから推論を展開しがちなのである』。もっとも代数学者たちというのは自身が異教徒だから『異教の伝説』そのものは信じたうえで推論を展開するんだろうね、それも脆弱《ぜいじゃく》な記憶というより不可思議なまでに混乱をきわめた知性の力を借りて。つまりぼくはさ、これまで等根以外で信頼に足る文字どおりの数学者に出会ったことがないんだ。さらにいえば、x^2+px が絶対的かつ無条件に q に等しくなるということをひとつの信仰の問題として内に秘めることがないような数学者にも、お目にかかったことはない。試しに実験でもするつもりで、この手の数学者にこうふっかけてみたまえ――x^2+px は必ずしも q に等しくなるとは限らない場合があるんじゃないかと思う、とね。そして、言いたいことを相手に理解させたらばすぐ、できる限り素早く、相手の手の届かないところへ逃げ出すんだ。というのも、敵はまちがいなく君を論破しようと躍起になるだろうからね」

「ぼくが言いたいのは」最後の卓見を耳にしてゲラゲラ笑っていると、デュパンは続けた。「もしも大臣が数学者でしかなかったとしたら、警視総監がぼくにこの小切手をよこす必要もなかったろうということなんだ。ぼくの知っているあいつは数学者であり詩人でもあるんだよ。だから今回の方法論では、大臣を取り巻く環境に留意しつつ、彼の能力をまず推し量った。廷臣であると同時に剛胆な陰謀家だってことも、よくわかってるよ。ぼくが思うに、この手の輩《やから》は、常識的な警察の手続きがどんなふうに展開していくか、気づかぬはずはない。警察に尋問されるなんてことも、予期しないはずはないし――じっさい起こった出来事からして彼はたしかに予期してたんだ。だから自分の住む建物が秘密裏に捜索されるなんてことも想定済みだったと思うよ。奴が夜中になるとしょっちゅう家を空けたのは、警視総監の側からすれば捜査遂行のうえで好都合このうえなかったろうが、ぼくからすれば、それもまた警察に徹底捜査の機会を与えようとする大臣側の策略だったんじゃないかな――だってそうすればそうするだけ早く、例の手紙がこの建物の中には存在しないってことをG―警視総監に確信させることができるわけだし、げんに彼はそう確信してたじゃないか。さらに思うのはね、いまぼくがずいぶん苦労して説明したような思考展開こそは、隠匿物の捜査をするさいの警察の代わり映えしない原理にまつわるものだということ――さらにいうなら、こうした思考展開を、当の大臣の知性だったら、あらかじめまるまる飲み込んでいたにちがいないということなんだ。だからこそ奴は、いわゆるありがちな隠し場所をぜんぶ外してかかったんだと思う。ふりかえってみるに、奴は馬鹿じゃないから、官邸のうちでもいちばん複雑怪奇で見つかりそうもない隠し場所というのは、けっきょくのところごくごくあたりまえの戸棚と同じぐらい、警視総監の目にはもちろん、その探針にも錐にも、そして顕微鏡にすらお見通しになってしまうことを、喝破していたんだろう。つまりぼくの考えるところ、大臣は論理的な道筋に従い、単純明快がいちばんと結論したんだ——慎重に慎重を期して単純明快を選択したわけではない、としてもね。たぶん君は覚えているんじゃないかな、最初の会見のときに、この事件が警視総監を困らせているのは事態の本質があまりに自明なせいじゃないかとぼくが言ったら、警視総監が死にそうなぐらいにゲラゲラ笑ったのを」

「うん」とわたし。「覚えてるよ、ずいぶん楽しそうに笑ってた。まったく痙攣《けいれん》の発作でも起こしたのかと思ったぜ」

「物質世界にはね」とデュパンは続けた。「非物質世界とのあいだに厳密なまでに類似した現象があふれているんだ。隠喩《いんゆ》や直喩といったものは描写を装飾するとともに議論を強化するのだという修辞学的な教義にも、一抹の真実が宿っている。たとえば慣性力の原理というのは、物理学でも形而上学《けいじじょう》でもまったく同様に働く。まず物質世界においては、大きな身体《からだ》を運動させるのは小さな身体に比べてずいぶん苦労するものだが、いざ動き出したときのはずみたるや、そこに行くまでの苦労の量にぴったり比例する。さてこの原理は非物質世界にもじゅうぶんあてはまるわけで、巨大な可能性を孕《はら》む知性というのは、いざエンジンがかかるとそれ以下の知性よりもはるかに強力で着実で多彩な動きをしめすものの、最初のうちの数段階においてはなかなか起動しないばかりかぎこちなく、ためらいがちなものだ。ここで再び質問しよう。君はこれまで、店の扉にかかる街路の看板のうちで、いったいどんなものがいちばん人目を惹《ひ》きやすいと思うかね？」

「そんなこと、考えてみたこともなかったな」とわたし。

「パズルで遊んでるみたいなもんだよ」とデュパンは続けた。「それも地図の上のね。一方は、相手にある特定の言葉を見つけさせなくちゃならない――町の名前でも川や州、帝国の名前でも何でもいい――要するに地図の複雑怪奇なまだら模様の上にある、どんな言葉でもいいんだ。これが初心者だと、きわめて細かい活字の単語を選んで対戦者を困らせようとする。ところが熟練者になると地図の端から端へと渡るかたちで大文字で書き込まれているような単語を選び出す。これはたとえば街路に立ち並ぶ大きすぎる活字の看板やプラカードみたいなもので、あまりに明白であるがために見逃してしまうんだな。そしてまさしくこの点においてこそ、物理的な見落としというのが心理的な認識不足と瓜《うり》二つの構造を示す。そう、心理的な認識不足のせいでは、知性が自らにとってあまりにも目立ち、あまりにもリアルで自明な問題というのを、ついつい見逃してしまうからだ。しかし、まさにこれこそは、警視総監の理解力と似より寄ったりのように思われる点なのだ。彼は一度として、大臣が世界全体の視線を欺こうと、問題の手紙を誰の目からもすぐに確認できる場所に置くなどということがありそうだともありうるとも、想像だにしなかったんだよ。

　でもね、この大胆不敵で鋭利としかいいようのないD—大臣の知性のことをよくよく考え直してみるにつけ——とくに例の手紙が、建設的な目的のためであれ、いつだって彼自身の手元にあったにちがいないということや、警視総監による決定的な根拠として、手紙が警視総監の通常の捜査範囲には隠されていないということなどを熟考してみるにつけ——ますます深く腑《ふ》に落ちるようになったのは、この手紙を隠すために大臣は、それをまったく隠そうとしないという包括的にして知的な戦略に訴えたということなのだ。

　推理があふれんばかりになったぼくは、さっそく緑色のメガネをかけ、ある晴れた日の朝、まったくの偶然から、官邸を訪れてみた。D—大臣は帰っていたよ、いつもどおりあくびをしたり、のんびりまったりして、これ以上ないぐらいの倦怠《けんたい》感に包まれているふうを装《よそお》っていた。彼はたぶん、現存する誰よりもじつにエネルギッシュな人物だろう——しかしそれも、誰も見ていないときに限ってわかることだが。

奴と渡り合うために、ぼくは自分の眼が悪くてメガネをかけなくちゃいけない、なんて話を切り出し、そんな演出のもと、彼の部屋をじっくり、そしてすっかり調べ上げ、一方では家主のおしゃべりに神経を集中させているかのようにふるまったよ。

ぼくはとりわけ、彼の腰掛けているところに程近い大きなライティングデスクに注目した。その上には雑多な手紙や書類が散乱しており、そこにはさらに一つ、二つの楽器や数冊の書物までが混じっていた。しかしここでどんなに長く注意深い観察を施しても、とりたてて不審な部分は何もなかった。

ついにぼくの眼は部屋のぐるりを見渡すと、がらくたばかりを詰め込んだボール紙製の精巧なる状差しに気づいた。この状差しは汚い青のリボンに吊《つる》されて、マントルピース中央の真下にあるちいさな真鍮《しんちゅう》のノブから垂れ下がっていた。この状差しの内部は三つか四つに区分けされており、五枚ないし六枚の名刺と一通の手紙が入っていた。このうち最後に挙げた手紙は汚れてしわくちゃだった。中央の線に沿ってほぼまっぷたつに切り裂かれていたが、それはひとまず、あたかも手紙が無価値なものだからびりびりに破こうという当初のもくろみが、あとになって変更を余儀なくされ、そのまま温存されたものとおぼしい。手紙には大きくて黒い封印紙が貼《は》ってあり、そこにはD―のサインが燦然《さんぜん》と輝き、とても小さな女性の筆跡でD―大臣その人の宛名《あてな》が書かれている。この手紙はじつにぞんざいに差し込まれており、言ってしまえば人を小馬鹿にでもするかのように、状差しの上方の口のひとつにねじ込んであった。

この手紙を見つけるやいなや、これこそは探し求めている品だと確信したね。たしかに見た目に関する限りは、警視総監がこまごまと説明してくれた特徴とはずいぶん様変わりしていた。いま見つけた手紙に貼られた封印紙はとても大きくて黒々としたもので、D—大臣のサインまで施してある。ところが盗まれた手紙に貼られた封印紙は小さくて赤く、S—家の紋章までついていたはずだ。こちらの手紙では大臣に向けた宛名の字は小さくて女性的なものだ。ところが盗まれた手紙の方ではさる高貴なお方への宛名書きの字がじつに太くて堂々としている。手紙の大きさだけは両者で一致しているんだが、ここまで極端に見た目がちがってくると、やりすぎとしか言いようがない。まず泥がついてるだろう。それから手紙自体が汚れているうえに破けている状態で、これなどD—大臣ならではの習性とはずいぶん食い違うばかりか、見る者がいたとしても、ああこれは大したことのない手紙なんだなとわざと誤認させるための罠《わな》じゃないか。こうした条件は、手紙が誰の目にも見えるような、いやに目立つところに置いてある事態と相まって効果を醸《かも》し出しているうえに、ついさきほどぼくが到達したような結論ともぴったり一致するだろう。そう、このように手紙が設定されていたら、手紙を探しに来る者であればいちばん怪しむべきところなんだよ。

ぼくはできるだけ長くその部屋に留まっていた。そして、大臣ならば絶対乗ってくるだろうとわかっている話題をわざわざ持ち出して活発に議論しながら、その手紙に視線を釘付《くぎづ》けにしていた。それによって、手紙の形状と状差しのなかの位置を記憶に叩き込んだのさ。のみならず、わずかばかり感じていた疑問点も氷解するような発見もできた。手紙のへりをよくよく調べてみるとね、必要以上にすり減っているのがわかったんだ。それはまるで、いったんは折りたたまれて製造された硬い紙が、元の折り目で裏返しにたたみ返されているという風情《ふぜい》だった。これを発見しただけでもじゅうぶんだったよ。例の手紙が、まるで手袋みたいに裏返しにされて、宛名も書き換えられ、封印紙も貼り直されたものであるのは、見まごうまでもない。ぼくは大臣に朝の挨拶《あいさつ》をすると、黄金の嗅《か》ぎ煙草入れをテーブルに残して、そそくさとおいとました。

翌朝、ぼくは嗅ぎ煙草入れを置き忘れたという口実で大臣の部屋を再訪し、そこで前日の議論をきわめて熱っぽく蒸し返した。ところが、そうこうしているうちに官邸の窓の下で、ピストルでも撃ったみたいな凄《すご》い爆音がして、それに引き続き阿鼻叫喚《あびきょうかん》が渦巻き、暴徒がわめき散らしている。D—大臣はあわてて駆け寄ると窓を開いて外を見た。その一方でぼくはといえば状差しへ近寄り、問題の手紙を取り出すとポケットにしまい、外観だけはそっくりな模造品と差し替えた。そう、ぼくはわが家で細心の注意を払ってこいつを捏造《ねつぞう》したんだよ。パンで作った封印紙を使って、D―大臣特有のサインもただちに偽造しておいた。

街路で騒ぎが起こったのは、マスケット銃を持った男が暴れ回ったせいさ。女子どもがたくさんいる中で銃をぶっぱなしたんだな。もっとも、けっきょく実弾は入っていなかったんで、そいつは精神異常者ないしはただの酔っぱらいとして解放されたよ。暴漢が立ち去ると、D―大臣は窓から戻った。ぼくのほうも目の前の獲物を手に入れるとすぐに彼を追いかけた。そのあとすぐ、ぼくはいとまごいをした。精神異常者を演じた男というのは、じつはぼくが雇ったのさ」

「ひとつだけわからないな、いったいどうして君は」とぼくは訊《たず》ねた。「例の手紙を模造品と差し替えたんだい？　最初に訪問したときに堂々と奪って立ち去ったほうがよかったんじゃないか？」

「D―大臣という男はね」とデュパンは答えた。「むこうみずな奴《やつ》なんだ、相当に図太い。奴の官邸にしたって、あいつのための部下で固められてる。そんな状況下、もしも君の提案するような大胆きわまる手段に訴えたとしたら、ぼくは生きては建物から出られなかったかもしれない。そうなったら、パリの模範的な市民たちがぼくの名前など耳にすることもなくなるだろう。だけどね、ぼくにはじつは、そうした思惑とはまったくべつの目的があったんだよ。君はぼくの政治的傾向はよくわかってると思う。今回の事件で、ぼくは被害者の貴婦人の同志として動いたのさ。かれこれ十八ヶ月ものあいだ、大臣は彼女を自分の支配下に置いてきている。こんどというこんどは、彼女が大臣を支配下に置く番だ。奴はたぶん、もはやあの手紙が自分のところにはないことにも気づかずに、まだそれが担保になっているかのごとく、不当な要求を続けるだろうね。そうするやいなや、彼は政治家として破滅せざるをえない。その失脚はぶざまなうえに急転落だ。ここでローマの詩人ヴェルギリウスの叙事詩『アエネーイス』の中で『黄泉《よみ》の国へ降りていくのは簡単だ』という言葉があるのを思い出してもいい。しかしイタリアの歌手カタラーニが歌について語っているように、何に登るにせよ、下るよりは上るほうがはるかにやさしい。今回の事件の場合には、ぼくは奴が下降していくことには何の同情もしないし憐憫《れんびん》の情すら覚えないよ。奴はおぞましき怪物、厚顔無恥なる天才なんだ。しかしね、ここで正直に打ち明けておくが、ぼくがいま知りたくてたまらないのは、警視総監が呼ぶところの『さる高貴なるお方』にはねつけられたあいつが、ぼくが状差しに残した模造品の手紙を開けてみて、いったいどんな思いに駆られるかということだよ」

「どういうことだい？　その中に特別なものでも入れたのか？」

「ふふふ――手紙の中身をからっぽにしておくには忍びなかったんだよ――あいつを侮辱することになるじゃないか。Ｄ―という男はね、いちどウィーンでぼくにひどい仕打ちをしたことがあるんだ。もちろんこのことをぼくは奴にあっけらかんと話したよ、絶対忘れやしないってね。だから、あいつが自分を出し抜く人物がいたらそいつがいったい誰なのか、知りたくなるのがわかっているだけに、手がかりひとつさえ与えないのは哀れだと思った。奴はぼくの筆跡をよく知っているから、真っ白な便箋《びんせん》の真ん中に、こんな言葉を書き写しておいたんだ。

『かくも恐るべき陰謀は、アトレウスにはあてはまらずとも、テュエステスにはふさわしい』

フランスの詩人クレビヨンの悲劇『アトレウスとテュエステス』（一七〇七年）からの引用だよ」

群衆の人

ひとりきりでいることができぬとは、何たる不幸

――ジャン・ド・ラ・ブリュイエール

ドイツには「読まれることを拒む本」があるといわれる。語られることを拒む秘密というのは、たしかに存在する。人々は毎晩、死の床につくとき、まぼろしの懺悔《ざんげ》者の手を握りしめ、彼らの目を慈悲深く見詰める。人々が死ぬとき、心は深い絶望にかられ喉《のど》は痙攣《けいれん》を抑えられなくなるのだが、その根本にはおぞましき秘密があり、暴露されることを拒んでやまない。ああ、時として人間の良心というのは恐るべき重荷を背負ってしまい、墓にまで持っていくしかなくなるのだ。かくして、あらゆる罪の正体は明かされぬままに終わる。

あれは、それほどむかしではないある秋のこと。いまにも日が暮れようとしているころ、わたしはロンドンは「D」で始まる名を持つホテルのコーヒーハウスにいて、大きな張り出し窓のところに腰かけていた。それまでわたしは何ヶ月も病に伏していたのだが、そのときには持ち直して力がみなぎってくるのを感じ、倦怠《けんたい》とはまったくの対極を成す幸せな気分を味わっていた。知的な視力をさえぎっていた膜が除去され、あたかもホメロスの『イーリアス』で女神アテーナーが勇士ディオメーデースに向かって「元気を出して戦え、もはやおまえの目を曇らせていた霧を晴らしてやったのだから、神と人間の区別はつくだろう」と語ったときのように、やる気充分だった。そして頭のほうも電撃的に冴《さ》え渡り、かのライプニッツの躍動的ながら公正を期す理性やゴルギアスの異常ながら脆弱《ぜいじゃく》なる修辞法に優るとも劣らず、ふだんでは考えられないぐらいに充実していた。たんに呼吸するだけでも心地よい。苦痛の源がいくつかあるのはわかっているのだが、そうした要素すら、とてつもない快楽へと転じている。ありとあらゆるものに、冷静ながらも積極的な興味が湧《わ》いた。煙草《たばこ》をくわえ新聞を膝《ひざ》に置いたわたしは、ほとんどその日の午後いっぱい、広告をくまなく読み耽《ふけ》ったり、店内の雑多な客たちを観察したり、はたまた曇りガラスごしに街路を凝視したりと、楽しくすごしていたのである。

とくに目前の街路はロンドンの主要な往来であり、一日中ずっと混み合っている。だが、夜のとばりが降りるころには、群衆は一気にふくれあがった。そして、街の灯がすっかりともるころまでには、ふたつの濃密でたゆまぬ群衆の流れが店の扉の前をそそくさと通り過ぎるようになった。夜のうちでもこの特定の時間にこんな現象があるとは、これまで気づいたこともない。そして、人々の頭の群れが波打つ海を見詰めるようで、えもいわれぬ新奇な感情が沸き起こるようになった。わたしはとうとう、ホテル内のことなど一切顧みず、外の風景にじっくり思いをめぐらすようになっていた。

はじめのうち、わたしの観察はどうしても抽象的で一般化する傾向を免れていなかった。膨大なる通行人たちを眺めながら、彼らをまずは巨大なる集合体として捉《とら》え、続いて彼らが集合体としていかなる関係性を示していくかを考えていたのである。しかしやがて、連中のすみずみにまで目を凝らし、細部を詮索《せんさく》するうちに、人物像はもちろん、服装や雰囲気、歩き方、顔つき、それに表情にいたるまで、分類仕切れないほどに多彩であるのがわかった。

これまでのところ、通行人の大多数は満ち足りて仕事に没頭しているようすであり、たんに群衆のなかをずんずん進んでいくことしか考えていないかに見えた。眉《まゆ》をひそめ、目をきょろきょろさせている。ほかの通行人から押されたときも決して苛立《いらだ》つことなく、すぐにも服を整え、先を急ぐ。もう片方の連中も多数ではあったがせわしなく歩き続け、顔を輝かせては独り言を言い、身振り手振りもにぎやかだ。あたかも、周囲の群衆があまりにも混み合っているため、孤独感を募らせているかのように。誰かに行く手を遮られると一気に独り言も途絶えるのだが、そのぶん身振り手振りのほうが激しくなり、その邪魔者が通り過ぎるのを待つあいだ、唇に浮かぶのはいかにも虚《うつ》ろな苦笑い。押されるときにはたいてい、押してきた連中に道を譲るのだが、顔には困ったものだという雰囲気がもろに出ている。ふたつの集団には、以上わたしが述べてきたことのほかにこれといった特徴はない。その身なりはまさしく上品と形容するにふさわしいたぐいのものだ。彼らは疑いなく貴族であり商人であり弁護士であり小売店主であり株式仲買人であり――ということは世襲貴族と庶民であり――一方は有閑階級、もう一方は自身の責任において商売熱心な階級ということになる。大して興味をそそられる連中ではない。

勤め人という種族は非常に目立つ。彼らはその中でもふたつの集団にはっきり分かれている。ひとつは新興企業などで働く若い連中だ。彼らはぱりっとした上着に派手な靴を履き、髪にはてかてかと整髪料を塗り、唇はいかにも傲慢《ごうまん》に結んでいる。こざっぱりとした身のこなしを形容するには適切な単語がないため、「能率《デスキズム》」としか呼びようがないが、この連中の立ち居振る舞いは一年から一年半ほど前の磨き抜かれたファッションをそっくりそのままコピーしたもののように見受けられる。彼らは上流階級ではとうに不要になった美学を身につけているのだ。そこに注目しさえすれば、この勤め人階級をいちばん明確に定義することができる。

大会社、もしくは勤勉篤実《とくじつ》な企業に属する上級の勤め人ではどうちがってくるかは、まず間違いようがない。黒か茶の上着とゆったりした同じく黒か茶のズボンは坐《すわ》るのに心地よさそうに仕立てられており、それに白のネクタイとチョッキをまとい、大きくがっちりとした靴を履き、足は分厚い靴下ないしゲートルでくるんでいるからだ。連中の頭はみな、かすかに薄くなっており、そこから突き出た右耳は、長いことペンをはさんできたせいか、ピンと直立するよう躾《しつ》けられている。観察を続けていると、連中が自分たちの帽子を脱いだり被《かぶ》ったりするとき、たえず両手をそろえて行っている。さらに、彼らが携えている懐中時計にはみな、短い金の鎖がついており、それはいとも堂々たる風格のデザインに見える。ともあれこの連中は、見た目が立派なのだ——世の中に見た目だけでも立派、などという価値基準があるとすればだけれど。

格好のいい連中は枚挙にいとまがないが、しかしこのところ大都市を騒がせている腕利《き》きの掏摸《すり》の一味だということは、たちどころにわかってしまった。まさに興味津々《しんしん》だが、いったいこの連中がいかにして紳士自身からさえ紳士と誤解されるのかは、想像を絶する。そのふくらんだ袖《そで》口を見れば奇妙なほど打ち解けたようすと合わせ、正体は一目瞭然《りょうぜん》ではないか。

賭博《とばく》師たちもごろごろいて、掏摸以上にわかりやすい。そのファッションは千差万別。とんでもないインチキ手品師風にビロードのチョッキと派手なネッカチーフ、金メッキの鎖に金銀線細工を施したボタンを身につける者もいれば、あやしいところなどかけらもないほどに、飾らず謹厳実直を絵に描いたような勤め人タイプもいる。とはいえこの種族はみんながみんな、その顔色ときたらむくんで浅黒いばかりか、目はどんより淀《よど》み、唇は蒼白《そうはく》で絞り切ったかのようなので、見分けがつく。さらにほかにも、この種族を識別するための特徴はふたつある。喋《しゃべ》るときには用心深くひそひそ声になるところ、それに親指をほかの指と直角になるべく伸ばすだけ伸ばす癖があるところだ。こういうプロの賭博師たちとつるんでいるのは一見したところ別人種だが、とはいえしょせんは同じ穴のムジナにすぎない。才気だけで暮らす紳士階級と呼んでもよい。連中はさらにふたつのタイプに分かれて大衆をカモにする。ひとつはダンディーたちの集団、もうひとつは軍人たちの集団だ。前者は長髪で、微笑を絶やさない。後者は紐《ひも》ボタンで留めた上着をまとい、いつも渋い顔をしている。

紳士と呼ばれる階級をさらに降りていくと、暗鬱《あんうつ》だけれど深遠なるテーマを思索したくなるものだ。たとえばユダヤ系の行商人は眼光鋭い表情を漂わせているものの、その他の点では卑屈なほどに腰が低い。街路にたむろする頑強なる本職の乞食《こじき》たちが眉をひそめているのは、いくぶんましな身なりの托鉢《たくはつ》僧たちが来たことで、後者はまさに人生に絶望したからこそ夜な夜な施しを求めてやまない。衰弱して見るも無惨《むざん》な病者たちは、すでに死神に手招きされている連中で、群衆のあいだをじりじりとよろけるように進む道すがら、周囲の人々の顔を物欲しげに見回し、万が一にも慰めを、とうに失《な》くしてしまった希望を見つけられたらと必死になっている。しとやかな娘たちは夜中まで続く長い重労働を終えて侘《わび》しい家へと帰るところだが、流し目をよこしちょっかいを出そうとするヤクザ者は跡を絶たず、彼女たちは怒るどころか半泣きの表情で逃げまくる。この街路にひしめく女性たちはありとあらゆる階層と年齢におよぶ――女ざかりを迎えルキアノス風のギリシャ彫像を思わせるような、パロス島の大理石ほどにも磨き抜かれた肌色をもちながらも、その内面はといえば醜悪きわまる女に始まって、忌《いま》わしくも打ちひしがれたボロ着のハンセン病患者、しわくちゃでも宝石をジャラジャラいわせ化粧で顔を塗りたくり、若さを取り戻そうと最後の努力を試みる老婆、身体《からだ》こそまだ育っていない幼女ながら、長い交際経験からか、これがなかなかしたたかに男を翻弄《ほんろう》し、色仕掛けでは大人の女にも絶対負けまいとする野心に燃えた娘に至るまで。無数の名状しがたい酔っ払いたちのなかには、ボロをまとい、足はよろよろ口はもごもご、顔を火照《ほて》らせ目をどんよりさせている者もいれば、汚れてはいても一応は衣服をまとい、いささかの千鳥足でふらつきながらも厚く官能的な唇と上機嫌の赤ら顔で歩き回る者も、かつては上等な素材の衣服を、いまでも丁寧にブラシをかけて着こなしている者もいる。かと思えば、尋常とは思われないほどしっかりした足取りで弾むように歩きながらも、顔面蒼白もはなはだしく、その目をおそろしいほどにらんらんと赤く輝かせ、群衆の中を歩きながらも震える指で、手の及ぶ範囲にあるものなら何でも攫《つか》み取ろうとする男たち。そのほかにも、パイ売りや赤帽、石炭運搬人に煙突掃除人、手回しオルガン弾きや猿回し、バラッドの歌い手とともに作品を売るバラッド作者、ありとあらゆるみすぼらしい職人やくたびれきった労働者たちがおり、彼らすべてがあまりに騒がしく、しかしとてつもない活力で動き回っているために、それは耳障《みみざわ》りにして目の毒ともいえる光景であった。

夜が深まるにつれて、群衆たちの構図もますます味わい深くなっていく。というのも、群衆の一般的性格が物理的に変化するばかりではなく（夜更《よふ》けになり、ありとあらゆる極道たちが隠れ家から這《は》い出してくるにつれ、紳士然とした特性のほうはどんどん群衆の整然とした部分へと飲み込まれていくいっぽう、粗暴きわまる特性が牙《きば》を剝《む》くようになったのだ）、当初こそ夕暮れとのせめぎ合いでいかにも弱々しく見えたガス灯がついに幅を利かせるようになり、街のすべてを奇妙で絢爛《けんらん》たる光のうちに輝かせるからだ。あたりは漆黒の闇《やみ》というのに壮麗なる光景が広がっている――かくも黒檀《こくたん》のごとき性質は、かのカルタゴ生まれの初期キリスト教神学者テルトゥリアヌスの文体を彷彿《ほうふつ》とさせる。

幻想的な光に導かれて、わたしは群衆ひとりひとりの顔をじっくりと眺め回す。窓越しに見る光り輝く街路はつぎつぎにそのすがたを変化させていたので、人間ひとりを一瞥《いちべつ》するていどしか観察の余裕がなかったものの、にもかかわらず、このとき自分が特異な精神状態にあったせいか、わたしは往々にして、そうした一瞬の時間のうちにも、それぞれの顔には歴史の年輪が刻み込まれているのを、読み取ることができたのである。

かくしてわたしは、額をガラス窓に押し付けるようにして、群衆の分析に夢中になったのだが、さてこのとき突如として、ひとつの顔が目にとまった。それは六十五歳か七十歳ほどになろうかという、よぼよぼの老人の顔だったのだが、そこにはとてつもなく独特な表情が浮かんでいたため、わたしはたちまち彼に惹《ひ》き付けられ、のめりこんでしまった。このような表情には、これまでお目にかかったことがない。いまでも思い出すのは、この顔を見るやいなや真っ先に思ったのが、ドイツの画家モリッツ・レッチュが見たら、自分自身の手になる悪魔像以上にめっぽう気に入るのではないか、ということだ。最初の観察は一瞬でしかなかったが、それでもその瞬間のうちにわたしは何らかの意味を見いだそうと画策し、その過程において、心のうちに巨大な知的能力から来るさまざまな観念がただ闇雲に、かつ逆説的に沸き起こってくるのを感じたものである。それらはたとえば警戒心であったり切迫感であったり、貪欲《どんよく》やら客観的意識、悪意やら残虐性《ざんぎゃく》、勝利や歓喜かと思えばとてつもない恐怖であったり、あるいは強烈にして究極の絶望であったりした。わたしはひどく興味をかきたてられるばかりか驚異の念を覚え、ますます魅了されていった。「どんな凄《すさ》まじい歴史がこの男の胸に書き込まれていることか！」とひとりごつ。やがてわたしは、この男をずっと観察していたい――もっともっと彼のことを知りたい――と感じるようになり、いても立ってもいられなくなった。そそくさと外套《がいとう》を身にまとい、帽子を被り杖《つえ》を手にすると、わたしは街路へ出て、もはや姿は見えずとも、あの男がたしかに向かった方向へと、群衆をかきわけかきわけ進んで行った。ようやく男を見つけ出すと、彼に近づき跡をとことん追いかけて行ったが、もちろん相手に気づかれないよう細心の注意を払う。

かくしてわたしは相手の人となりをじっくり眺める機会を得た。短軀《たんく》瘦身《そうしん》、そのうえひどく衰弱しているようだ。身にまとっているのは全体に汚ならしいボロ着。ところが時折、強烈なランプの光を浴びるときに限って、汚れが目立つとはいえ、肌着そのものはきれいな生地でできているのがわかる。だが、さらに目に映ったものは、はたしてわたしの目の錯覚だったのかどうか。男は明らかに中古とわかる膝までの外套をまとい、しっかりとボタンを留めてはいるのだが、外套の裂け目ごしに、ダイヤモンドと短剣とがちらりと見えたのだ。こうなれば、ますます好奇心が掻《か》き立てられるというもの。わたしは謎《なぞ》の男をどこまでも追いかけて行こうと心に決めた。

もう夜はとっぷりと暮れて、分厚く湿った霧がロンドン全体に垂れ込め、やがて大雨が降り出した。天候の変化は群衆に奇妙な効果を与えた。というのも、群衆全体がたちまち騒然となり、無数の蝙蝠《こうもり》傘で覆《おお》われていったからである。ざわざわ、がやがや言う騒音とともに押し合いへし合いが、それまでの十倍ほどにもひどくなった。わたし自身はといえば、雨ぐらいどうということはない――体内は病の名残りでまだ熱っぽかったから、雨に濡《ぬ》れるのは危険すぎるぐらい心地よかったのだ。口にハンカチを巻いて、歩き続ける。三十分ほどのあいだ、老人は巨大な街路をほうほうのていで突き進んだ。わたしは彼を見失いやしないかと、目と鼻の先まで迫っている。老人は決してふりかえらなかったので、こちらに気づいていない。彼はだんだん横町に入って行く。そこにも人々がぎっしりひしめいてはいたが、しかしそれまで歩いていた中心街に比べればおとなしいものだ。ここに来て、男のようすには明らかな変化が生じた。その足取りが前よりはるかにゆっくりしたものとなるばかりか、さらにあてどなく、さらにためらいがちな印象を強めたのである。男は通りを横切ったかと思うとまた元に戻るといった動きを、ただ無目的にくりかえすばかり。そして群衆は依然としてごったがえしていたので、わたしは男がそんな動きを示すごとに、見逃さぬよう追いかけなければならなくなった。ここの通りは細長く、彼はそこをほぼ一時間ほどもさまよったろうか。そのあいだ、通行人たちの数は正午にニューヨークはセントラルパーク沿いのブロードウェイを歩く人数ほどにも減少した——ロンドンの群衆と最も密度の濃いアメリカの都市の群衆とでは、歴然たるちがいがある。つぎの角を曲がると、煌々《こうこう》と明るく躍動感に満ちた広場に出た。謎の男は、かつての流儀を取り戻す。顎《あご》を胸に落とすいっぽう、眉をしかめつつその下では目をひどくぎょろぎょろさせて周囲を睨《ね》め回し、自分を圧迫する人々すべてにガンを飛ばす。その歩みは着実にして倦《う》まずたゆまぬものとなった。しかし彼が広場を一周するやいなや、わたしが一驚したのは、何と彼がくるりと踵《きびす》を返し、自分の歩みを逆行してみせたことだ。さらに驚《きょう》愕《がく》したことには、彼は何とそうした歩き方を何度かくりかえしたのだった——一度などは、彼があまりに唐突に踵を返したものだから、こちらの追跡に気づいてもおかしくはないほどであった。

こうした歩き方を彼はさらに一時間ほどくりかえしたが、最後のほうになると、すでに当初ほど通行人が障害になることはなくなっていた。雨が激しくなり、空気が冷えてくる。そして人々は家路に着き始める。彷徨者《ほうこう》はといえば、もどかしそうな素振りで、いくぶん寂れた横町へと入り込む。そして彼はその通りを四分の一マイル（約四百メートル）ほど、老人とは思われぬ動きで疾走し、そのためにわたしの追跡行にも支障が生じてしまう。数分ほど追いかけていくと、巨大で喧噪《けんそう》にみちた商店街に出た。そのあたりには老人はじゅうぶんに土地勘があるようで、まさにそこに来て彼の当初の流儀が再びあらわになった。彼はおびただしい売り手と買い手のなかをあてどなく、あちらこちらと歩き始めたのである。

一時間半からそれぐらいだろうか、この商店街をうろつくあいだに、わたしは相手に気づかれぬまま決して相手を見失わないよう、細心の注意で臨んだ。運よくわたしは天然ゴム製の防水靴を履いていたため、音もなく動き回ることができた。したがって、いかなる時も男はわたしが観察しているとは思わなかったろう。彼はつぎからつぎへと店を冷やかし、商品の値段を尋ねることも、そもそも口を利くことすらなく、熱烈ながらも空虚な視線をありとあらゆる品物に投げかけるばかりであった。いまやわたしはそんな彼のふるまいに驚くとともに、こんな決意を固めていた——かくなるうえは、この男の秘密について自分自身があるていど納得できるまで、断じて離れるわけにはいかない。

大時計が十一時を知らせるべく鳴り響き、集まっていた客たちはそそくさと商店街から立ち去って行く。ひとりの店主が店じまいをするさい、この老人を押しのけたが、まさにその刹那《せつな》、彼の全身が強烈に震えたのを、わたしは見逃さなかった。彼はたちまち通りへ入ると、しばらく周囲を物憂《ものう》げに見回していたが、やがて信じられないほどの素早さで、紆余《うよ》曲折し人っ子一人見えない通りをつぎからつぎへと通り抜け、ついにはこの追跡行の起点である大通りへと――そう、あの最初が「D」で始まる名を持つホテルに面した大通りへと――立ち戻るに至ったのである。とはいえ、このときの大通りはすっかり様変わりしていた。たしかに、街はいまもガス灯に照り映えている。しかし雨はますます激しさを増し、街路にはほとんど人影が見えない。謎の男は顔面蒼白となった。かつて込み合っていた通りを不機嫌そうに進むと、深いため息をついて、こんどは川の方向へ向かい、いくつもの曲がりくねった道を通り抜けると、ついに主要な劇場街へ出た。閉館の時間ゆえ、おびただしい観客たちが外へ出てくる。老人がその群衆のさなかに身を投じながら、あえいで息をするかのような素振りをしたのが見えた。だが、どうやら彼の顔にあふれていた強烈な苦悶《くもん》も、かなり和らいできたらしい。その頭は再び胸へと垂れ下がった。そのすがたは最初に見た時の彼とほぼ変わらない。わたしは彼がいまや大多数の群衆が向かった方角へと赴いているかのように思ったが、全体としてその行動をふりかえると、あちらと思えばまたこちらといった具合に方角が定まらず、はなはだ理解に苦しむものであった。

男が進むに連れて群衆はますますまばらになり、彼の動きは再び、かつてと変わらずふらふらよろよろ、つかみがたいものとなる。しばらくのあいだ、男は十人から十二人ほどの浮かれ騒ぐ連中のあとを追いかけていたが、しかしその集団からはひとり、またひとりと脱落し、しまいにはとうとう三名を残すのみとなったときには、狭くて暗く寂れた横町に入りこんでいた。謎の男は立ち止まると、しばしのあいだ物思いに耽《ふけ》っているようだった。やがて、何かに取り憑《つ》かれたかのように、彼はロンドンのはずれへ向かう道を急ぐ。そこは、これまで散策してきたのとまったく色合いの異なる地域に位置しており、そこでは何もかもが貧困のきわみと悪事のきわみを象徴する最悪の烙印《らくいん》を捺《お》されていた。たまたまそこに灯《とも》っていたランプのおぼろげな光から浮かび上がってきたのは、背が高く古風ながら虫食いだらけの木造家屋の一群がいずれも倒壊しかけており、崩壊への過程と方向が千差万別であるため、その間を通っている道はほとんど見えないほどになっている光景であった。敷石がいいかげんに並んでいるのは、草が繁茂しすぎたために道床からズラされてしまったせいだ。おぞましき汚物が塞《せ》き止められたどぶどろの中で腐り果てている。この地域の雰囲気全体が荒《すさ》みきっている。だが、われわれが歩み続けるうちに、人間的生活の響きが着実に甦《よみがえ》り、ついにはロンドンの民衆のうちでも最下層の連中からなる巨大な楽団が楽しげに千鳥足でやってくるのに出くわした。老人の魂は再び、あたかも死の間際《まぎわ》のランプのごとくに明滅した。いまいちど彼は弾みをつけて前へ歩き出す。すると、いきなり角を曲がったところでまぶしいほどの光が爆発したかと思うと、われわれは酒乱の象徴たる巨大な郊外の神殿のひとつ、すなわちジンという名の悪魔の宮殿のひとつと対面していたのであった。

もうそろそろ夜明けも近い。しかし多くの度し難い大酒飲みたちが、いまもなおこの派手派手しい宮殿の玄関に押し寄せては吐き出されてくる。老人は歓喜のあまり半ば金切り声をあげながら、内部の通路へ押し入り、当初の態度を甦らせると、再び群衆の中をあてどなく後ずさったり進んだりし始めた。とはいえ、そうこうするまもなく、玄関に群衆が怒濤《どとう》のように押し寄せてきたので、そろそろ店長が閉店を告げる時間になったらしい。このとき、粘り強く観察してきたこの奇妙な老人の顔に、絶望以上に強烈な表情が浮かんだのを、わたしは目に留めた。とはいえ、彼は自分の務めを放棄するどころか、それこそ気でも違ったかと思われるほどの力をふりしぼり、すぐに元来た道を折り返し、この大いなるロンドンの中核へと戻って行く。長く、しかし足早の逃走劇が続く一方、わたしはといえば、彼を追跡するうちに至上の驚きを覚えるようになり、彼を徹底追究することにこそ圧倒的な興味を覚え、断じてあきらめるものかと固く決心したものである。やがて歩き続けるうちに日が昇り、そしてわれわれがふたたびこの人口過密な都市のうちでもいちばん群衆のひしめく中心地、すなわち「D」で始まる名を持つホテル前の街路に立ち帰ったとき、そこは昨夜にも劣らぬ人間たちの喧噪と活気をすっかり取り戻していた。そしてここでこそ、わたしは長いこと、刻一刻と混迷が深まるのを感じながら、謎の男の追跡を続けたのだ。ところが、彼はいつものように行ったり来たりをくりかえし、その日のうちには騒然たる街路から移動しようとしない。そして、第二日目の夜の帳《とばり》が降りるころ、わたしはほとほとくたびれ果てて、この遊歩者の真正面で立ち止まり、その顔をまじまじと見据えたのだ。男はわたしに気づかぬまま重々しく歩き始めたが、いっぽうわたしはもはや追跡するのをやめ、物思いに耽った。「この老人は」と、ついにわたしは語り始める――「深い罪の典型であり本質なのだ。彼はひとりきりでいることを拒む。彼は群衆の人なのだ。追いかけても無駄なこと、なぜなら彼自身からもその行動からも、何一つ学ぶべきものはないのだから。世の中で最悪の心というのは『魂の小楽園』なる祈禱書《きとう》以上に俗悪なる書物なのであり、『読まれることを拒む本』が存在するというのは、おそらく神の深遠なる恵みのひとつにほかなるまい」

おまえが犯人だ

わたしは今回のラトルボロ事件に対してはオイディプス王の役割を演じるだろう。これからご説明するのは――わたしにしか不可能なのだが――いかなる秘密のからくりがラトルボロの奇跡を実現したかということだ――唯一《ゆいいつ》絶対にして公然たる真実、誰一人否定したこともなければ、そもそも否定しえないこの奇跡は、ラトルボロの住民たちを蝕《むしば》む不実の幕を下ろし、かつて神を疑ってやまなかった俗物たちをひとり残らず、祖母たちの正統的信仰へと回心させたのだった。

この出来事というのは――場違いにも軽率な調子で論じなくてはならないのが残念なのだが――一八――年の夏に起こった。バルナバス・シャトルワージー氏といえばこの地方では財力・人物ともにトップクラスに属する市民のひとりだが、その彼がどうやら犯罪がらみと思われる状況下、数日間すがたをくらましたのである。シャトルワージー氏はある土曜の早朝、馬に乗ってラトルボロを出発したが、それは約十五マイル（約二十四キロ）ほど離れた――市を日帰りで往復するという、はっきりした目的のためであった。ところが二時間後に戻って来たのは馬だけで、彼も乗っていなければ出発時に括《くく》りつけられていた鞍袋《くらぶくろ》もない。しかも馬は負傷しており、泥だらけだ。こんな状況だったから、失踪《しっそう》者の友人たちはひどく警戒した。そして日曜の朝になってもまだ彼が現れないとなると、ラトルボロ市全体が一丸となって彼の身柄を捜索し始めたのだった。

この捜索活動でいちばん精力を傾けた功労者はシャトルワージー氏の腹心の友であるチャールズ・グッドフェロウ氏、通称「チャーリー・グッドフェロウ」ないし「オールド・チャーリー・グッドフェロウ」である。さて、これが驚くべき奇遇なのか、それともたんにその名前が知らず知らずのうちに人物にも影響をおよぼしていたのかどうか、定かではないのだが、このことだけは言える――チャールズなる名前の人間なら誰でも寛大にして男らしく誠実で善良《グッド》で率直な奴《フエロウ》であり、その声の豊かで美しいことといったらほれぼれするほど、しかもその瞳《ひとみ》は相手をまっすぐ見据えて、あたかもこんなふうに物語るかのようだ――「ぼくには確固たる良心があるから誰も怖い者はいないし、卑怯《ひきょう》なことなんかできるわけがないんだよ」と。かくして舞台上の心やさしくお気楽な「紳士の鏡」であればぜんぶがぜんぶ、チャールズと呼ばれるに決まっているのだ。

さて「オールド・チャーリー・グッドフェロウ」はといえば、ラトルボロに六ヶ月かそこらしかいないというのに、ひいてはこのあたりに越してくる前の彼のことについては誰も何一つ知りはしないというのに、いともたやすくこの町の名士たちすべてと昵懇《じっこん》の仲になっている。町の名士たちはひとり残らず、どのようなときでも、別の誰かがいかに多くの言葉を費そうと彼のわずかな言葉の方に耳をかたむけた。そして女性たちはといえば、みんな彼の願いなら何でも聞き入れたものだ。これというのもすべては彼がチャールズと命名されているためで、さらにいうなら、彼自身がけっきよく、広く「最良の御墨付《おすみつき》」たりうる純真無垢《むく》な顔に生まれついたためであった。

シャトルワージー氏がラトルボロでいちばん立派な者のひとりで、疑いなくいちばん裕福な人物であることはすでに述べたとおりだが、他方、「オールド・チャーリー・グッドフェロウ」とは兄弟同士であるかのごとくに仲がよかった。ふたりの老紳士たちは目と鼻の先に暮らすお隣り同士で、シャトルワージー氏が「オールド・チャーリー」をめったに訪ねなくても、そしてその家で食事をしたなどとは誰も聞いたことがなくても、にもかかわらず二人があきれるほど仲良しなのに変わりがないのは、くりかえすまでもない。というのも、「オールド・チャーリー」は一日三回か四回は隣人がいったいどのようにすごしているのか確かめないではいられない性質であったし、彼が入ってくると朝食やお茶を一緒にしたり、さらにはほぼいつも夕食をともにしたりしたものだった。こういうとき、二人が一気にどれだけのワインを飲み干してしまうのかは、さすがにはっきりとはわからない。「オールド・チャーリー」のお気に入りの飲みものはシャトー・マルゴーで、シャトルワージー氏は親友がげんにそれを何クォートも（一クォート＝約〇・九五リットル）飲み込んで行くのを、目を細めて眺めているようだった。そのあげく、ある日などワインをたっぷりあおり、そのせいか機知の方が自然な成り行きで多少働いたのか、シャトルワージー氏は親友の背中を叩《たた》きながら、こう言い放ったものだ――「さてさて『オールド・チャーリー』にひとつ申し出があるんだよ、君はまちがいなく人生で出会ったなかでもいちばん気持ちのいいやつだ。それに、君はほんとワインをそんなふうにガブ飲みするからさ、シャトー・マルゴーを一箱分でもプレゼントしてやんないと、気がおさまらねえ。ばちあたりさ」――（シャトルワージー氏には言葉がどんどん下品になるという悪癖があった――もっとも「ばちあたりさ」とか「こんちくしょう」とか「なんてこったい」以上にひどくなることはめったになかったが）――「ばちあたりさ」と彼は続けた。「もしも今日の午後にでも町に注文を出してとびっきりのワインの特大セットをせしめられなかったらな。そして、これはおれのプレゼントなんだよ、ほんとに！　――

べつに何にも言わなくていいんだぜ——おれはプレゼントだって言ってるんだ、それで決まりだ。だから楽しみに待ってろ、いつか届くから。そう、まったく期待してない時にでもな」二人のあいだにこれだけ親密な共通了解が成立しているのを見れば、シャトルワージー氏がいかにあっけらかんとした性格であるか、その一端はおわかりいただけたことだろう。

はてさて、問題の日曜の朝というのは、シャトルワージー氏が犯罪に巻き込まれたものと受け止められるようになった時間帯なのだが、このとき「オールド・チャーリー・グッドフェロウ」ほどに心から動揺した人物はいなかった。ともあれ馬は主人も乗せず鞍袋も失われたまま、しかも銃撃されて血だらけで戻ってきたのであり、銃弾は馬の胸の奥深くに食い込みながらもとどめを刺す一歩手前で留まっているらしい。グッドフェロウはこの報告を受けると、あたかも失踪したシャトルワージー氏が自分と血のつながった兄弟ないし父親ででもあるかのように顔面蒼白《そうはく》となり、まるで悪寒《おかん》にでも襲われたかのように全身でぶるぶる震えたものであった。

初めのうち彼はあまりに深い悲しみに打ちひしがれて何もできず、何らかの行動計画に着手することも難しいようすであった。そのため、彼は長い時間をかけて、シャトルワージー氏の友人たちに余計な波風を立てぬよう説いてまわった。いまいちばんいいのはとにかく待ってみることであり――それも一、二週間、さもなくば一、二ヶ月かのあいだ――そうすればやがて何かが判明するかもしれないではないか、ひょっとしたらシャトルワージー氏本人が自然にすがたを現し、いったいなぜ馬だけ先に帰したのかを説明してくれるのではないか、と彼は考えたのである。往々にして観察されることだが、悲しみのどん底に突き落とされた人々というのは、このように時間をかけて考え、結論を先延ばしにしようとする傾向を示すものだ。知的能力が麻痺《まひ》してしまったかのようになり、そのあげく何らかの行動を起こすということに恐怖を覚えるようになる。そしてベッドに安らかに横たわり――かつての貴婦人たちの表現を借りれば――「悲しみを癒《いや》す」こと、すなわち苦難について思いめぐらすことがいちばんなのだと考えるようになる。

ラトルボロの住民たちは「オールド・チャーリー」の叡知《えいち》と思慮を全面的に信頼していたので、その大半は彼に賛同し、この誠実なる老紳士が述べたとおり「何かが判明する」までは波風立てぬ心づもりだった。そしてわたしが思うに、こうした態度こそは同市の一般的見解になりおおせていたはずだったのだ、ここでシャトルワージー氏の甥《おい》である放蕩三昧《ほうとうざんまい》ないし素行不良な青年が大声で異議を申し立てることさえなかったならば。この甥は名をペニフェザーといい、「じっと横たわって何もしない」たぐいの理性などには耳を貸さず、すぐにも「殺害された男の屍体《したい》」を調べるのが先決だと言い張った。この甥はほんとうに「殺害された男の屍体」という表現を使ったのであり、これに対してグッドフェロウ氏は「いささか奇妙な言い回しとしか言いようがない」と言及した。この「オールド・チャーリー」による見解もまた、一般市民には絶大な影響を及ぼしたのである。そのうちのひとりなどは、実に印象深い調子で以下のような疑問を呈したものだ——「ペニフェザー青年が資産家の伯父の失踪にまつわる状況のすべてに精通しているからこそ、威風堂々と『伯父は「殺された」』と断言したのだ」と。これを聞くやいなや多くの市民たちはいささかざわついたようすで、とりわけ「オールド・チャーリー」とペニフェザー氏とのあいだで火花が散ることになった——もっとも、両者は過去三、四ヶ月というものとうてい仲がいいとは思われなかったので、こうした出来事が起こってもいささかも不思議ではない。事態はどんどんエスカレートして、ついにペニフェザー氏が伯父の親友を殴り倒すというところまで発展した。なぜなら、伯父の家に同居している甥から見れば、「オールド・チャーリー」はその屋敷の中であまりにもやりたい放題で、目に余るほどだったからである。だが、殴り倒されるやいなや「オールド・チャーリー」は模範的なほど穏健に、かつキリスト教的な慈愛の心をもってふるまったそうだ。彼は一撃を食らって立ち上がると衣服を整え、報復するような試みは一切しなかった——たんに「こんどチャンスがあったらすぐ仕返ししてやる」ことについて二言三言つぶやいたにすぎない——もちろんこれは怒りのあまり口からあふれ出た自然でもっともな言葉であり、とくに意味はないし、また捌《は》け口を得るやいなや忘却されてしまうたぐいの言葉であるのに決まっている。

こうした問題がどうであれ（そもそもいま問題になっている肝心な点とはまったく関係ないのだし）、たしかなのはラトルボロ市民がペニフェザー氏の説得により、ようやくシャトルワージー氏捜索のため隣りの地方へみんなで散らばっていくという決断を下すに至ったことだ。いまわたしは、市民がまず第一にこうした決断を下すに至った、と述べた。やはり捜索が必要だということがきちんと決まったのちには、当然の展開として、捜索者たちがあちこちへ分散していくことが——何名かで組みながらあちこちへ散らばっていくことが——必要だということになったのである——周囲の地域をますます徹底捜査するために。だが、このとき、詳細は覚えていないけれども、何らかの巧妙なる論法によって「オールド・チャーリー」が群衆に対し、これがどれほど無分別な計画であるかを納得させた。げんに彼は連中を説き伏せてしまったのだ——ただひとりの例外であるペニフェザー氏を除いては。そしてけっきょくのところ、捜索は市民が一丸となり注意深くかつ徹底的に行われるべく取り決められ、「オールド・チャーリー」が陣頭指揮を執ることになった。

このことに関する限り、オオヤマネコの眼をもつ存在として知られる「オールド・チャーリー」こそは最適任であった。けれども、彼がふつうなら存在すら知り得ない経路により、市民たちをありとあらゆる辺鄙《へんぴ》な穴や隅へと導いたにもかかわらず、はたまたその捜索が昼夜を問わず休みなく一週間ほども続けられたにもかかわらず、シャトルワージー氏の足跡は杳《よう》として知れない。もっとも、いま足跡が杳として知れない、と語りはしたものの、これを文字どおりに受け止められると困る。というのは、足跡そのものはあるていど確実に残っているからだ。この哀れなる紳士の馬の蹄鉄《ていてつ》(それは特殊なものだった)によって、この市から続く本街道沿いに捜索すると、この地域の東へ三マイル(約四・八キロ)ほどの地点にまで到達していたのがわかるのだ。足跡はその地点から森林地帯を通る横道にそれる――だがその横道は再び本街道に戻り、通常の距離にして約半マイル(約八百メートル)ほど近道になっていた。この足跡を追いかけて行くと、捜索隊はついにこの小道の右手に、淀《よど》んだ水をたたえる貯水池が灌木《かんぼく》で半ば覆《おお》われているのを発見した。貯水池の反対側ではもう足跡は消えていた。しかしどうやら何らかの格闘がここで行われたのはたしかなようだ。しかも人間の男性をはるかに上回る図体と重量をもつ何ものかが横道からこの貯水池まで連れてこられたかのようにも見える。貯水池の内部は二度ほど捜索したが、何も出てこない。そこで一団はがっかりし、あきらめて立ち去ろうとしたが、このときグッドフェロウ氏は閃《ひらめ》いて、貯水池の水をぜんぶ抜いてみたらいいのではないか、と提案した。この発想は大歓迎され、「オールド・チャーリー」の頭の良さと考え深さはたちまち各方面から賞賛された。市民たちの多くは、ひょっとしたら屍体を掘り出せるかもしれないという思惑から鋤《すき》を持ち込んでいたので、水の排出作業は容易かつ迅速に行われた。そして貯水池の底が見えたとなると、残存している泥のちょうど中央に黒の絹糸光沢でビロードのチョッキが発見され、そこにいた者たちはすぐにもほぼ一人残らず、それがペニフェザー氏のものであると判定した。チョッキはぼろぼろになっていて血まみれだった。一団のなかには、シャトルワージー氏が町へ出発する日の朝、ペニフェザー氏がまぎれもなくこのチョッキを着ていたことを覚えている者たちがいた。さらに他には、事件当日の朝を過ぎてからは、ペニフェザー氏がそのチョッキを着ているのを見たことがない、と必要ならば誓って証言してもいいという者もいた。そして、シャトルワージー氏が失踪《しっそう》したのちのいかなる時点でもペニフェザー氏がそれを着ているすがたを見たなどという証言者は、ひとりもいなかった。

かくして事態はペニフェザー氏にとって深刻な側面を呈するようになり、彼に対する疑惑が固まるにつれ、当人がとてつもなく顔面蒼白となり、何か自己弁護するよう求められても何一つ言えないという苦境に陥った。この瞬間、ペニフェザー氏がいかに自由奔放な暮らし方をしようがついてきたわずかな友人たちもたちまち彼を見捨て、彼の恐るべき旧敵以上にすぐにも逮捕するよう求め始めた。ところが一方、対照的にグッドフェロウ氏の威光はますます光り輝くばかり。彼はといえば、そんなペニフェザー氏であっても温かく、しかもきわめて雄弁に弁護したのであり、その折には何度か「この偉大なシャトルワージー氏の後継者」である奔放な若者が、激情にかられてのことはいえやむにやまれず自分（グッドフェロウ氏）に対して行った無礼に対してもすっかり許すつもりだと語ったものだ。「わたしは心の底から彼の無礼を許す」とグッドフェロウ氏は言う。「そして自分自身について言えば、悲しいかなペニフェザー氏から湧き出た疑惑をエスカレートさせるどころか、全力を尽くして、すなわち持てる限りの言葉を尽くして、良心の赴く限り、かくも謎《なぞ》に充《み》ち満ちた事件の最悪の印象を、えーと、えーと――和らげようと――思う」

グッドフェロウ氏はこんな調子であと三十分ほどは弁舌をふるい、その頭の良さと心の広さを周囲に認識させた。だが親切な人々というのが適切な意見を抱くことはめったにない――彼らは友人のために尽くそうと頭に血が昇っているがあまり、まったくあらぬ方向へ走り出し言葉を乱用し始める――かくして、世にも稀《まれ》なる善意を抱きながら、彼の言い分を受け入れるどころか、どこまでも裏切っていくのである。

今回の場合も、その傾向が現れた。というのも、「オールド・チャーリー」があれほど雄弁に語ったにもかかわらず、けっきょくなぜかその語る言葉の音節ひとつひとつに伴う直接的かつ意図せざる傾向は、聴く者たちに好感を与えるよりもむしろ、彼がその立場を弁護しようと努力しても、疑をますます深め、民衆の怒りをかきたてるばかりであった。

この雄弁家が犯したいちばん不可解な間違いのひとつは、容疑者を「偉大なる老紳士シャトルワージー氏の後継者」と呼んだことにある。市民たちはそれまで考えたこともないことであった。彼らが覚えているのはこの伯父たるシャトルワージー氏が一、二年ほど前、自分の家はこれで相続人廃除になる怖《おそ》れがあると発言したことにすぎない(彼にはこの甥のほかには現存する親戚がいなかったからだ)。そして彼らはたえずこの廃嫡《はいちゃく》宣言をすでに決定済みのことと見なしていた――かくも純真素朴な性格こそはラトルボロ市民という種族の特徴である。しかし「オールド・チャーリー」がそのことを蒸し返したがために、市民たちはすぐにもこの問題を再考するに至り、その結果、相続人廃除の怖れというのがたんにひとつの怖れでしかなかった可能性を確認した。するとたちまち、こんな疑問が自然に湧き起こる——「犯人は誰だ？《クウィ・ボウノウ》」——この疑問こそは、問題のチョッキ以上にきつく、この恐るべき犯罪を若き甥になすりつけた。そして、いまわたし自身が誤解されぬよう、少しばかり寄り道するのを許してもらえるならば、たったいま引用したひどく短く単純なラテン語のフレーズがたえず誤訳され誤解されているということを指摘しておきたい。「犯人は誰だ？《クウィ・ボウノウ》」という表現はありとあらゆるベストセラー小説その他でおなじみであり、たとえば『セシル』を書いたイギリス作家キャサリン・ゴア（一七九九—一八六一年）の作品によく見受けられる。この女性作家は古代バビロニア人のカルデア語からアメリカ先住民のチカソー語にいたるまで、すべての言語から縦横無尽に引用するのだが、その学識を必須《ひっす》ものとして獲得するにあたっては、ウィリアム・ベックフォード（一七六〇年頃—一八四四年）の体系的な計画の恩恵を被《こうむ》っていた。さて、ありとあらゆるベストセラー小説とわたしは述べたが、げんにエドワード・ブルワー・リットン（一八〇三—七三年）やチャールズ・ディケンズ（一八一二—七〇年）からターナペニー（カネのために書く売文家《ターナペニー》をあてこすった架空の作家）やウィリアム・ハリスン・エインズワース（一八〇五—八二年）らの作品を見れば、このたったふたつのわずかなラテン語“cui bono”が

「何の目的で?」ないし(あたかも“quo bono”同然に)「何のために?」の意味で用いられているのである。ところが、そのほんとうの意味は「誰の利益になるのか」ということだ。“cui”は「誰の」、“bono”は「利益のために」を意味する。二つを合わせると純然たる法律的表現になるのであり、たったいまわれわれが考察しているたぐいの事件にぴったりあてはまる。というのも、今回の事件に関する限り、おそらくこの人物こそは行為遂行者であろうという想定が、おそらくはこの殺人を犯せばこの人物ないしあの人物にこれだけの利益が転がり込むであろうという想定を根拠にしているためである。そして今回の事件において、「犯人は誰だ?」すなわち「誰が得するのか?」と問いかけるなら、ペニフェザー氏こそは限りなくクロに近い。彼の伯父は彼を受取人として遺言状を書き上げたあと、相続人を排除するぞと脅した。けれども、その脅しはじっさいには果たされなかった。大本の遺言状そのものには変更が加えられていないように見えるからである。もしもそれに変更が加えられていたなら、容疑者が殺人を犯したと見るのに唯一《ゆいいつ》ふさわしい動機は、俗にいう復讐《ふくしゅう》であったろう。そして、このように邪悪な動機さえも、いつか伯父に再び受け入れてもらえるのではないかという夢を抱くがゆえに、あらかじめ挫《くじ》かれていたことだろう。ところが遺言書は書き換えられていないのに、書き換えるぞという脅しが甥の脳裏に宙吊《ちゅうづ》りになり離れなかったがため、下手人のうちに残虐《ざんぎやく》行為を働こうとする気分がこれまでにないほど強く沸き起こってきたのではないか——このように、きわめて賢明なかたちで、ラトルボロの由緒《ゆいしよ》正しい住民たちは結論を下したのであった。

その結果、ペニフェザー氏は即刻逮捕され、群衆はさらなる捜査を行ったあとには家路に着き、彼を拘留してしまう。しかしその道すがら、彼の疑惑をますます確定するような出来事がもうひとつ起こった。グッドフェロウ氏はその熱情ゆえにたえず捜索隊の少しばかり先を見越して行動していたが、いきなり前に何歩か走り出すと身をかがめ、どうやら草むらより小さな物体を拾い上げたのである。たちまちそれを調べてしまうと、彼はそれを上着のポケットに隠すか隠すまいか迷っているような素振りを見せた。しかしその行動はまさしくみんなが気づくところとなったので咎《とが》められ、はたして彼が拾い上げた物体とはスペイン製のナイフで、居合わせた十二人もの市民たちはすぐにもそれがペニフェザー氏の持ち物だとわかった。さらに言うなら、彼の頭文字がナイフの柄のところに刻み込まれていたのである。ナイフの刃の部分は剝《む》き出しで血まみれだった。

もはやシャトルワージー氏の甥こそが下手人であることに疑う余地はなく、ラトルボロに着くやいなや、彼は取り調べのため治安判事の前へ連行された。

ところがここで再び、事態はじつに不都合な方向へ赴く。囚人となった甥はシャトルワージー氏が消えた朝、いったいどこにいたのかと訊《たず》ねられ、何と大胆にもこう明かしたのだ——その朝の自分は鹿狩《しか》りのためライフルを携えて出かけており、グッドフェロウ氏の英知により血まみれのチョッキが発見されたあの貯水池のすぐ近くに来ていたのだ、と。

かくしてグッドフェロウ氏は前に歩み出て、目にいっぱい涙を浮かべながら、どうか自分自身を尋問してほしいと願い出た。彼によれば、自分は仲間たちと同じく、神から強烈な義務感を与えられており、そのためもはやじっと黙っているわけにはいかなくなったという。これまで彼はこの若者を誰よりも深い愛情で包み込んできたため(若者のほうがいかにグッドフェロウ氏をぞんざいに扱ったとしても)、ペニフェザー氏の不利になる情況証拠と思われるものについては、想像力のおよぶ限りありとあらゆる仮説を打ち出してきたのだったが、しかしこれらの情況証拠だけでもあまりに説得力豊かであり——あまりに破滅的であった。もはやグッドフェロウ氏はいささかも躊躇《ちゅうちょ》するつもりはない——彼はそうすることでいかに自分の心が張り裂けそうになったとしても、知っていることを洗いざらいぶちまけようと考えた。ゆえに彼は続けて証言した——シャトルワージー氏が町へ向かう前日の午後のこと、グッドフェロウ氏が漏れ聞いてしまったのは、この立派な老紳士は甥に対し、自分が翌日町へ行くのは尋常ならざるほどに巨額のカネを「ファーマーズ＆メカニックス銀行」へ預けるためだと告げる言葉に留まらない。まさにそのとき、その場所で、当のシャトルワージー氏が自身の甥に対してきっぱりと、もはや自ら作成した遺言書は無効にし、甥には一シリングだけ与えて勘当する決意であることを言い渡したのだ。証言者となったグッドフェロウ氏は、いよいよ厳かに容疑者に対して、いま自分が申し立てた証言にどんな細部でも真実でない部分があったら申し述べるようにと求めた。その場に居合わせた者みんなが驚愕《きょうがく》したことには、何とペニフェザー氏はいまの証言がすべてまぎれもない事実であることを、すんなり認めたのだった。

この時点で治安判事は二名ほど巡査を送りこみ、シャトルワージー邸の甥の部屋を捜索しなければならないと考えた。さてこの捜索から巡査たちがすぐにも戻ってきて振りかざしたのは、かの著名な鋼鉄で縁どりされた茶褐色の革財布であり、それこそは老紳士がここ何年もたえず持ち歩いていたものなのである。ところが貴重な中身の方はきれいさっぱり抜き取られており、治安判事は囚人からいったい財布の中身をどう利用したのか、そもそもどこへ隠したのかを根掘り葉掘り聞き出そうとしたけれども、無理な相談であった。じっさいこの囚人はかたくななまでに、事件についてはまったく知らないと言い張っている。巡査たちはさらに、この哀れな男のベッドの台とマットレスのあいだからシャツとハンカチを掘り出したが、両者はともに囚人の名の頭文字が刻み込まれているばかりか、ともに犠牲者の血をおぞましいほどに浴びていた。

この瞬間、殺された男の馬が負傷がもとで厩舎《きゅうしゃ》にて息を引き取ったという知らせが入る。グッドフェロウ氏は馬の検屍《けんし》をすぐ行えば、ひょっとして銃弾を掘り当てることができるかもしれないではないか、と提案する。それを承《う》けて検屍が行われた。そして、あたかも容疑者の罪を確定するかのごとく、グッドフェロウ氏は馬の胸腔《きょうこう》を相当に調べたのち、ひどくでかい銃弾を探し当て引き抜いてみせた。この銃弾は試してみると、ペニフェザー氏のライフルの口径とぴったり一致し、他方、同じ地区に暮らす誰のライフルにも大きすぎることが判明した。しかし、さらに細部を詰めていくと、この銃弾には通常の継ぎ目に直角に入った傷というか溝があり、それをよくよく調べてみると、この溝こそは、容疑者が自分の持ち物と認めた銃弾製造用の鋳型《いがた》セットに偶然生じた隆起とぴったり一致するのがわかったのだ。銃弾のことがこれだけ判明したので、取り調べを続けていた治安判事はもうこれ以上の証言を聞く必要なしと考え、この囚人をすぐにも裁判のため拘禁するよう取りはからった——この事件に関する限り、いっさいの保釈は不要との決断も下したのである。かくも厳しい決定に対してグッドフェロウ氏はじつにやんわりと遺憾の意を表明し、必要とあらば自分が身元引受人となるのもやぶさかではないと申し出たのではあったが、なしのつぶてであった。「オールド・チャーリー」がこれほど寛大なのは、彼がラトルボロに滞在している期間のすべてを通じ、やさしく騎士道精神に満ちた雰囲気を漂わせていたのと、まったく矛盾するところはない。今回の場合、この立派な男は自身のあふれんばかりの同情心に押し流されたのか、身元引受人の話を持ち出したときなど、彼つまりグッドフェロウ氏本人がこの地上に一ドル相当の土地すら所有していないという事実をすっかり忘れているようだった。

拘禁すればどんな結果になるかはすぐにも想定できた。ペニフェザー氏はラトルボロ全体の罵声《ばせい》を浴びながら、そのまま次回の犯罪法廷へと連行され、そのときにも情況証拠の連鎖は(じっさいそこにはさらなる致命的な事実が加わり、それらについてグッドフェロウ氏は繊細なる良心をもつがゆえに公表せぬわけにはいかなかった)きわめて強力にして誰にも否定しようがないものと見なされて、陪審員たちも席を立つことなく、たちまち「第一級の殺人罪」なる結論のもとに答申した。それにすぐ引き続いて、不運な容疑者は死刑宣告を受け、郡の刑務所へ再拘留されると、冷酷無比なる法の裁きを待つばかりとなった。

他方、「オールド・チャーリー・グッドフェロウ」の高貴なる行動が評判を呼び、この地区に暮らす誠実なる市民たちはこれまでの倍ほどにも彼をいとおしむようになった。いや、これまでの十倍ほどは町中から愛されるようになったというべきか。市民たちから手厚くもてなされるにしたがい、当然のことながら、彼の方もこれまでの貧窮生活上いたしかたのなかったひどくけちくさい習慣を言わば無理矢理にでも緩和するようになり、きわめて頻繁に自宅にて小さなパーティを開くようになった。そうした集まりの席は、機知に富んだ会話と陽気なお祭り騒ぎで満ちあふれていたが、もちろんわずかばかりは、この寛大なる主催者が亡《な》くしてしまった腹心の友の甥にふりかかる厄介で暗鬱《あんうつ》なる運命のことが時として思い出され、場が沈みこむこともあった。ある晴れた日のこと、この人格高潔なる老紳士は、以下の書状を受け取り、愉快な驚きを覚えた。

品　名：シャトー・マルゴー　A―第一号　六ダース分（七十二本）
送付人：H・F・B&カンパニー社
受取人：ラトルボロ市　チャールズ・グッドフェロウ殿

チャールズ・グッドフェロウ殿
親愛なるお客様
二ヶ月ほど前、弊社の大切な得意先バルナバス・シャトルワージー氏より回ってきました注文書に従い、今朝ようやくそちらの住所へアンテロープの銘柄ですみれ色の封印付き、シャトー・マルゴー特大セット箱をお届けできるのはたいへんな光栄であります。箱には欄外に示すように番号を付け記してあります。
今後ともなにとぞよろしくお願い申し上げます。
ホッグス・フロッグス・ボッグス&カンパニー社
一八――年六月二十一日、――市
追伸――箱はお客様がこの書状をお受け取りになった翌日、荷馬車で到着予定です。シャトルワージー氏には深く感謝しております。
H・F・B&カンパニー社

じっさいのところ、グッドフェロウ氏はシャトルワージー氏が亡くなってからというもの、約束のシャトー・マルゴーを受け取る日が来るなどとはまったく思っていなかった。だから彼は今回の贈答品を特別なる神の賜物と見なした。当然ながら飛び上がって喜んだ彼はすっかり浮かれてしまい、その勢いで多くの友人たちに呼びかけ、翌日には晩餐会《ばんさん》を開いてシャトルワージー氏から来たボトルを開けようと考えた。それは、招待状を出すときに「親愛なる旧友シャトルワージー氏」の名を含めたというわけではない。本当のことを言えば、彼はさんざん悩み抜いたあげくの果てに、旧友にはいっさい触れないことに決めたのである。彼はどこの誰にも――もしわたしの記憶が正しければ――シャトー・マルゴーを贈ってもらったなどとは伝えていない。彼は友人たちに対しては、自分が数ヶ月前に町から注文して翌日届くはずの極上で絶品のワインをぜひとも一緒に飲もうではないか、と誘ったにすぎない。わたし自身は、彼がいったいどうして旧友からワインを贈ってもらったということを一言も明かさないのか奇妙に感じることしきりだったが、しかしその件についてロをつぐんでいることの真相はよくわからなかった。グッドフェロウ氏には高邁《こうまい》にしてじつに深遠なる理由があったのだろう。

とうとう翌朝になり、グッドフェロウ邸にはたいへん大勢の、しかもたいそうお上品な人々が集まった。じっさい、わたしもまじえて地区の半数の市民が集まっていたのではないか――しかし、パーティ主催者の悩みの種は、待てど暮らせどシャトー・

マルゴーが届かず、「オールド・チャーリー」の用意したご馳走《ちそう》は来客たちがもうぞんぶんにたいらげてしまったことである。とはいえ、ついに到着の時が来た——怪物的なほどに巨大な箱がきちんと着いた——パーティ参加者たちはみんなあきれるほどに上機嫌だったから、この箱をすぐにテーブルの上に置き、中身を取り出そうではないかという方針が、満場一致で決まった。

さっそく行動に移る。わたしも手を貸し、瞬時にして箱をテーブルの上に、それも瓶やグラスが所狭しとひしめく中央に置いたため、この騒動のさなかで壊れた瓶やグラスは決して少なくない。「オールド・チャーリー」はひどく酩酊《めいてい》しており、顔中真っ赤にしている。彼は、威厳まがいの雰囲気を漂わせながらテーブルの誕生日席に腰かけ、デカンタでテーブルを猛然と叩《たた》きながら、参会者一同には「財宝発掘の儀式が行われているあいだは」秩序を保つようにと命じた。

しばらく怒声や罵声が行き交ったのち、とうとうあたりは静まり返る。そして、こういうときの常で、深く圧倒的な沈黙が続く。かくして箱の蓋《ふた》をこじ開けるよう求められたわたしは、当然ながら「無上の喜びをもって」命令に従った。まずノミを差し込み、金槌《かなづち》でそれを何度か軽く叩くと、箱の蓋がいきなり吹き飛んで、その瞬間跳ね上がり、主催者グッドフェロウ氏を真っ正面から見据える位置に腰かけていたのは、傷だらけで血まみれで腐臭すら放つ屍体であり、その正体は殺害されたシャトルワージー氏その人であった。屍体は数秒間、その朽ち果てて輝きのない眼を凝らして悲しそうに、グッドフェロウ氏の表情をまじまじと見詰めていた。そしてゆっくりと、しかしはっきりと印象に刻みつけるかのように、こう語ったのだ——「おまえが犯人だ！」そして、満足しきったかのように大箱の側へ頽《くずお》れると、テーブルの上でその手足を拡げひくひく震わせていた。

そのあと繰り広げられた光景は筆舌に尽くしがたい。みんなが扉や窓のほうへと凄《すさ》まじい勢いで押し寄せたばかりか、いかに頑健なる男たちでもその多くはあまりの恐ろしさゆえにつぎつぎと失神したのだ。しかしこのときの衝撃を受けてすぐ、荒れ狂うような金切り声が轟《とどろ》き渡ったあとには、全員の視線がグッドフェロウ氏に集中した。これから一千年ものあいだ生きるとしても、ついさっきまで得意満面、ワインで真っ赤になっていたグッドフェロウ氏が見るもおぞましい形相へと豹変《ひょうへん》し、断末魔の苦しみ以上の苦しみをあらわにしていたのを、決して忘れることはできまい。数分のあいだ、彼は大理石像のごとくにじっと座ったままでいた。彼の両眼は、とてつもなく虚《うつ》ろな視線で自己の内面を探り、自身の悲劇的にして殺意を秘めた魂の思索にふけっているようだった。とうとう彼は突如として両眼を輝かせて外界の現実へ向き直り、すばやく椅子《いす》から飛び上がってはテーブルの上に上半身から倒れ込み、シャトルワージー氏の屍体と接触すると、いまペニフェザー氏が収監され死刑宣告されている恐ろしい犯罪の真相を微に入り細を穿《うが》ち、迅速かつ激越な調子でまくしたてた。

彼の告白の骨子をまとめると、こんなふうになるだろう——まずグッドフェロウ氏は犠牲者シャトルワージー氏を貯水池の近辺まで追いかけ、ピストルで後者の馬を撃ち、銃の床尾で乗り手を殺した。財布を奪い、馬は死んでいるものと思った彼は、その馬を引きずり、貯水池のわきにある灌木《かんぼく》群のところまで運んで行った。そして自分自身の馬にシャトルワージー氏の屍体を吊り下げ、誰にも見つからない隠し場所へ持っていくのに林を通り抜け、かなりの距離を走った。

チョッキとナイフと財布、それに銃弾は、いずれも発見された場所にあらかじめ彼自身が残しておいたのであり、それはペニフェザー氏への復讐を見こんでのことである。彼はさらに、血まみれのハンカチやシャツも発見されるようにと画策した。

血も凍るような話が終わりかけたころ、この凶悪なる犯罪者の言葉は詰まりがちで、虚ろな響きを帯びるようになった。すべての真相を語り切ってしまうと、グッドフェロウ氏は起き上がり、テーブルから後ろへよろめき、倒れて息絶えた。

かくもタイミングよく自白を強要するに至った手段は、いかに巧みだったとはいえ、じっさいのところ単純明快である。グッドフェロウ氏があまりにも隠し事ひとつないかのようにふるまうのがどうにも不愉快で、わたしは最初から彼が怪しいと睨《にら》んでいたのだ。ペニフェザー氏がグッドフェロウ氏を殴ったとき、わたしは現場に居合わせていた。そして、後者が悪魔的な表情をほんの一瞬とはいえ顔に浮かべたので、彼はきっと、可能とあらば復讐を実行するぞと思ったのだ。かくしてわたしはあらかじめ、「オールド・チャーリー」の立ち居振る舞いをラトルボロの善良なる市民とはまったくちがう視点で捉《とら》える用意ができていた。だからすぐにも、すべての有罪証拠物件が挙がってきたのは、直接的にせよ間接的にせよ、彼の根回しによるものであるのがわかった。とはいえ事件の真相をはっきり見定めることになった決定的事実は、馬の死《し》骸《がい》からグッドフェロウ氏の発見になる銃弾が出てきたことである。たとえラトルボロ市民は忘れても、わたしには忘れようがないのだが、この銃弾が馬に入り込んだときの穴に加えて、その体を貫通して外へ出て行ったときの穴がある。もしも銃弾が馬の胴体を突き抜けたはずなのに体内から出てきたというのなら、その銃弾を拾い上げた人物がそこに置いたにちがいないのは明らかだ。血まみれのシャツとハンカチも銃弾で抱いた疑惑をさらに強めてくれた。というのもその血をよくよく調べてみたら、その正体は高級赤ワインでしかなかったのだから。以上のことに加え、このところグッドフェロウ氏が妙にあっけらかんと気前よくなってきたことを考え合わせて、わたしはもともと彼を秘かに怪しんできたぶん、いっそう強く疑惑を抱くようになったというわけだ。

やがてわたしはシャトルワージー氏の屍体に関する厳密なる秘密調査を行い、いくつかじゅうぶんな理由があるため、グッドフェロウ氏がパーティを展開した区画からはできるだけ離れた区画を捜索した。その結果、数日後にわたしはとうに水の干上がった古井戸を突き止めた。その口は灌木でほとんどふさがっている。だが、まさしくこの古井戸の底に、わたしはとうとう目当てのものを探り当てたのである。

さて、わたしがたまたまシャトルワージー氏とグッドフェロウ氏の会話を漏れ聞いたのは、後者が前者をうまくそそのかしてシャトー・マルゴー特大セットをプレゼントさせようと画策していたときであった。このことがヒントになって、わたしの動きは決まった。まず硬い鯨骨《げいこつ》をせしめてくると、それを屍体の喉《のど》から体内へ突き刺し、そのまま古いワインボックスに収めたのだ――きわめて注意深く屍体をくの字に曲げ、何とか内部を貫く鯨骨もくの字に曲がるように取り計らったのである。かくしてわたしは、箱の蓋を釘《くぎ》で打ち付けるさい、屍体が跳ね返らぬよう蓋を無理矢理押さえつけなければならなかった。そしてわたしは当然ながら、いざこれらの釘が引き抜かれたならその瞬間、蓋が吹き飛び屍体が跳ね上がってくるのを想定したものである。

このように箱に仕掛けを施すと、わたしはすでに語ったとおり、箱に印を付け番号を振り、そして宛名《あてな》を書いた。そしてシャトルワージー氏と取引関係にあるワイン業者の名義で書状を綴《つづ》り、我が家の召使いには、わたしが合図を出したらすぐ、このワインボックスをグッドフェロウ邸の扉まで二輪手押し車で運ぶようにと、指示を与えておいた。屍体が「おまえが犯人だ!」としゃべったように見せかけたのは、わが腹話術の効果覿面《てきめん》といったところだろうか。その効果を考えるにあたっては、殺人鬼の良心に訴えるようじっくり計算済みである。

これ以上、説明すべきことは何もない。ペニフェザー氏は即座に釈放され、伯父の遺産を継承し、経験から多くの教訓を学んで心を入れ替え、以後は幸せに新しい人生を踏み出したのであった。

ホップフロッグ

わたしはこれまで国王ほどに冗談には目がない人物には会ったことがない。彼はまさしく冗談のためにだけ生きているようだった。冗談あふれる上出来の物語を語ること、それも上手に語ることこそは国王の寵愛《ちょうあい》を得るためのいちばんの近道なのである。かくして当然ながら国王の七人の大臣たちはみな冗談の達人としてつとに著名であった。彼らはみな国王にそっくりで、圧倒的な冗談の達人であると同時に大きくて太った脂肪体型の男たちであった。人は冗談好きだと太るのか、それとも脂肪の内部には人を冗談好きにする要素がもともと含まれているのか、それはにわかには断定できない。しかし痩《や》せている冗談の達人というのがこの地球上で世にも稀《まれ》な珍種であることは、たしかである。

冗談がいかに洗練されているか、国王の表現を借りれば知性の「影」があるかどうかという点については、彼自身はほとんど気にはしなかった。彼はとりわけ冗談の幅の広さを褒めそやすため、そのためには長いのも我慢した。細かすぎるものはだめだった。国王のお気に入りはヴォルテール（一六九四―一七七八年）の『ザディグ』（一七四七年）よりもフランソワ・ラブレー（一四八三年頃―一五五三年頃）の『ガルガンチュア』（一五三四年）のほうだった。そして全体に、ただ言葉だけの冗談よりも、人を巻き込む悪ふざけのたぐいのほうが好みに合っていた。

この物語の時代には、本職の道化師たちは宮廷においてまだ廃《すた》れていない。ヨーロッパの大国のうちいくつかには、まだ「道化師」たちがおり、彼らはまだらの服に身を包み帽子を被《かぶ》り鈴を鳴らすばかりか、王族のテーブルからパンくずが落ちたときでさえ、いつだって即座に寸鉄の一撃めいた警句を発するものと思われていた。我が国王も当然、自分自身の道化を雇っていた。じっさい、国王には何かしらバカバカしい演《だ》しものが必要だったのだ――彼自身はもちろんのこと、大臣たる七人の賢人たちが備える重厚なる知性とのあいだでバランスを取るためだけであっても。

国王の道化は本職の道化であるが、しかしそれだけに留まらなかった。彼はさらに小人であり脚が不自由でもあったがために、国王には並の道化の三倍の価値があるように見えた。小人そのものは、当時の宮廷では道化と同じぐらいにありふれた存在である。そして多くの君主たちは毎日をやりすごすのに（宮廷での時間はほかのどこよりも長いものであったから）一緒に笑ってくれる道化とともに笑いの種となる小人なでは立ちゆかない。しかし、すでに述べたとおり、道化というのは十中八九、太ってまるまるとして不格好なものだ——であるからして、ホップフロッグ（というのがこの道化の名前だ）ひとりを雇えば道化であり小人であり不格好であるという三重の宝を所有することになるわけだから、我らの国王がご満悦でほくほくするのも無理はない。

わたしが思うに、「ホップフロッグ」という名前は受洗のさいに代父から賜ったものではなく、彼がほかの人間のようにはうまく歩くことができないがために、大臣たち数名が合議のうえ与えた名前だったはずだ。じっさいホップフロッグは、ぴょんぴょん跳ねるともくねくねのたくるともつかない中間的な歩き方を示したので、その動きは国王が見ると無限に楽しく、そして癒《いや》しを与えてくれた。というのも（腹が出て生まれつき頭部が膨れているにもかかわらず）国王は自分の宮廷全体より立派な体格と見なされていたからである。

しかしホップフロッグは、両脚がひどく歪《ゆが》んでいたため、道を歩くのも床を歩くのも一苦労であったとはいうものの、その両腕の方には、天性としか思われぬ強靱《きようじん》な筋力が備わっていたため、不自由な両脚を補って余りある威力を発揮した。何しろその両腕の力をふるうことで、木やロープのたぐいであれば何にでもよじ登り、驚嘆すべき技量を目にもの見せてくれたからである。こうしたパフォーマンスに臨んでいるときのホップフロッグは、蛙というよりも栗鼠《りす》か小猿を彷彿《ほうふつ》とさせた。

わたしには正確なところ、いったいホップフロッグがどの国の出身なのかわからない。しかし、それは誰も聞いたことのないような未開の国であった――我が国王の宮廷からは相当に隔たった国であることだけはたしかである。ホップフロッグと彼同様に小人の娘は（もっとも彼女のほうは抜群のプロポーションを備えたすばらしい踊り子であったが）、近隣の地方におけるそれぞれの家から強引に引き剝《は》がされ、連戦連勝の将軍のひとりから国王への貢《みつ》ぎ物として差し出されたのであった。

このような境遇ゆえに、ふたりの小人の虜囚がお互い親近感を強めたとしても不思議はない。じっさい、ふたりはすぐに無二の親友となった。ホップフロッグは大いに娯楽を提供したものの人気の方はさっぱりだったので、小人娘トリッペッタには何もしてやれなかった。ところが彼女はといえば、小人であるにもかかわらず優雅でこの世のものとは思われぬほどの美しさをたたえていたため、広く褒めそやされ愛されたものだった。かくして彼女は絶大な影響力を手にした。そして彼女は可能な限りその力をホップフロッグのために行使した。

あるとき国を挙げての壮大なる記念行事が催される運びとなり――何の記念であっ

たかは忘れたが——国王は仮面舞踏会を開くことに決めた。そしてこの宮廷で仮面舞踏会のたぐいが行われるときには、ホップフロッグやトリッペッタのような芸人が必ず呼び出されるのだった。とりわけホップフロッグはこうした仮面舞踏会があると大いに才能を発揮し、派手なショウを企画したり、新奇なキャラクターを考案したり、多彩なるコスチュームを編み出したりするのに長《た》けていたので、彼の手助けは不可欠だった。

祝宴の晩になった。豪勢な舞踏会場がトリッペッタの監督のもとに準備され、そこには仮面舞踏会を一段と輝かせるためのありとあらゆる趣向が凝らされた。宮廷全体の期待が熱く高まっていた。どんなコスチュームをまといどんなキャラクターで現れるのか、参会者たちはとうに決めているものと思われた。多くの者たちはどんな役柄を演じるのかを一週間前、いや一ヶ月前にはもう決断していた。そしてじっさい、国王と七人の大臣たちをのぞいては、いささかも優柔不断なようすはなかったのである。ではいったいなぜ国王たちがぐずぐずしていたのかといえば、それもまた冗談のひとつであったとでも見ない限り、わたしにもよくわからない。いちばん考えられそうなのは、国王たちは自分たちがひどく太っているがためになかなか決断できなかったという仮説である。ともあれ時間はどんどん過ぎ去って行くばかり。最後の頼みの綱ということで、彼らはホップフロッグとトリッペッタを呼びにやった。

ふたりの小人たちが召喚に応じて参上したとき、国王は七人の大臣たちとワインを飲みながら座っていた。とはいえ国王はたいへんご機嫌ななめのようす。彼はホップフロッグがワインを好きでないことをよくわかっていた。というのも、一口飲めばこの哀れにも脚の不自由な道化はほとんど狂気の域へ立ち入ってしまうからである。そして狂気ほど不愉快な感覚はない。ところが国王は悪ふざけを愛してやまなかったから、ホップフロッグに無理矢理ワインを飲ませ、無理矢理「愉快にやろうじゃないか」とおびき寄せたら楽しいのではないかと考えた。

「近《ちこ》う寄れ、ホップフロッグよ」という国王の招きで、道化師とその親友は部屋へ入った。「まあこれを一杯飲み干せ、ここにいない友人たちの健康のためにな。「ここでホップフロッグはため息をつく」そしておまえの企画力に頼らせてもらおうじゃないか。わしらはな、どんなキャラクターで演じるか迷っておるのじゃよ――そう、とびっきり新奇で風変わりなキャラクターじゃ。わしらはいつもいつもおんなじ役柄をやるのに飽き飽きしておる。ほれ、飲むがいい！　ワインを飲めばおまえは妙案を出してくれるじゃろ」

ホップフロッグは国王の申し出に対し、いつもどおり何とか冗談で返そうとあがいたが、努力の甲斐《かい》はなかった。その日はたまたま、この哀れな小人の誕生日に当たっていたため、「ここにいない友人たちの健康のために」一杯飲めという命令を聞くなり、目には涙があふれて止まらない。暴君が手渡す盃《さかずき》をうやうやしく手にするなり、まさにその中へ大粒の苦い涙がとめどもなくこぼれ落ちた。

「わっはっは！」ホップフロッグがいやいやワインを飲み干すのを見て、国王は大笑いした。「上等なワイン一杯でどんなことが起こるか、見るがいい！　そらそら、おまえの眼がもう光りはじめたぞ！」

何と哀れな道化だろうか！　その大きな瞳《ひとみ》はらんらんと光るというより、ちらちらと閃光《せんこう》を放ち始めていた。というのも、ワインは彼の興奮しやすい頭脳に対し、即効力以上の影響力を及ぼしていたからである。彼はそわそわと盃をテーブルの上に戻し、周囲の連中を半ば狂った視線で見回した。国王の悪ふざけが効を奏したのを見て、みんなずいぶんとご機嫌なようすだった。

「はてさて、これからが本題だよ」と太り果てた総理大臣が言う。

「そうじゃ」と国王。「さあわしらの手助けをしてくれ。問題はキャラクターなのじゃよ、お友だち。わしらはいったいどんなキャラクターを演じればいいか迷っておる――わしら全員じゃよ――わっはっは！」この笑いも本気で冗談をもくろんだものだったので、七人の大臣たちもそろって唱和した。

ホップフロッグもそれに合わせて笑ったが、弱々しく虚《うつ》ろな調子であったのは否《いな》めない。

「ほれほれ」と国王はせきたてる。「何もアイデアはないのかね？」

「わたしはいま、何か新奇なアイデアはないかとけんめいに考えているところでございます」小人はぼんやり答えた。とうにワインが廻《まわ》り朦朧《もうろう》としていたのだ。

「けんめいに考えている、とな！」と暴君は怒鳴りつけた。「いったいどういうことじゃ？　おうおうわかったわかった。ご機嫌ななめで、もっと飲みたいんじゃな？　ならば、どうじゃもう一杯！」そう言うと国王はさらに盃にワインをなみなみと満たしてこの脚の不自由な小人に差し出したが、後者はあえぎながら盃をじっと見詰めるばかり。

「飲めと言っておるのじゃ！」と大魔王が叫ぶ。「さもなくばどんな目に遭うか――」

小人はためらった。国王は怒りで血相を変えている。大臣たちは薄ら笑いを浮かべている。かくしてトリッペッタは、死人のごとく顔面蒼白《そうはく》となり、君主の座へと歩み寄ってひざまずくと、どうか親友を勘弁してやってはいただけないかと懇願した。

暴君はしばらくのあいだ、その勇気に開いた口がふさがらないといった面持ちで彼女を見詰めていた。彼はいったいどう答えればいいのか――いかにうまく自分の憤慨を表現すればいいのか――皆目見当がつかなくなってしまったようなのである。とうとう、一音節も発することのないまま、国王は彼女を強引に押《の》し退け、あふれんばかりの盃の中身をその顔にぶちまけた。

哀れな娘は力をふりしぼって立ち上がり、ため息をつきもせず、テーブルの脚のところで元通りの姿勢におさまった。

誰ひとり口を開くこともない沈黙が三十秒間ほど続いたろうか。あまりに静まりかえっていたから、その間というもの、木の葉が一枚、あるいは鳥の羽が一枚落ちてもはっきりと聞こえたことだろう。その沈黙が中断したのは、低くざらざらと長引く摩擦音が響いてきたからで、それは部屋の四方から一斉に聞こえてきたかのようだった。

「いったいぜんたい――いったいぜんたいおまえはどうしてこんな音をたてるのじゃ？」国王は小人に対し猛烈な剣幕でまくしたてる。

ホップフロッグはといえば、もうすっかり酩酊《めいてい》状態から立ち直ったばかりのようすで、暴君の顔をまじまじと、しかし物静かに覗《のぞ》き込みながら、こう叫んだ。

「わたしが――わたしがですか？　いったいどうしてこの音がわたしのせいなので

す？」

「この音は外から聞こえるぞ」と廷臣のひとりが言った。「窓のオウムが鳥かごの鉄《てっ》柵《さく》でくちばしを磨いてるみたいだ」

「なるほど」そう言われてホッとしたかのように、君主は応じた。「しかしな、騎士の名誉に賭《か》けて、この風来坊の歯ぎしりにまちがいないと断じることもできたろう」

これを聞いて小人はげらげら笑い出した（国王は自他ともに認める冗談の達人であったので、他人が笑うのを諫《いさ》めるわけにはいかない）。そして歯を剝《む》きだしにすると、それらがいかに大きくて強力でグロテスクなものであるかを披露した。さらに彼は、いまや自分がワインをいくらでも飲み込んでみせようという断固たる決意を示してはばかることがない。国王は安心した。そしてホップフロッグは、いささかも悪酔いしたようすを見せることもなくもう一杯飲み干すと、たちまち意気込んで、仮面舞踏会の企画を語り始めた。

「いったいどういう連想なのかは言えないのですが」と彼はじつに落ち着いた調子で切り出し、あたかも生涯を通じてワインなど一滴も口にしたことがないかのような風《ふ》情《ぜい》であった。「しかし国王陛下がトリッペッタを突き飛ばして彼女の顔にワインをぶちまけたすぐあと――そう、陛下がそのようになさったすぐあとに――オウムが窓の外で珍妙な音を立てているのを聞いているうちに、わたしの脳裏には壮大なるお祭り騒ぎのアイデアが浮かんできたのです――それはわたしの祖国でやっている宴会芸のひとつで――仮面舞踏会では自分たちが演じるお遊びです。ただ、この国ではいまだかつて試みられたことがありません。とはいえ残念ながら、この宴会芸にはぜんぶで八名のメンバーが必要なうえに――」

「だったらそろってるぞ！」偶然の一致にたちまち気づいて大笑いしながら、国王は叫んだ。「きっかり八名だ――わしと七人の大臣たちがおるからな。さてさて！　いったいどんな宴会芸なんじゃ？」

「わたしの国では」と脚の不自由な小人は答える。「鎖につながれた八頭のオランウータンと呼んでおり、上手く上演できればすばらしい宴会芸となりましょう」

「やってみようじゃないか」国王は直立して瞼《まぶた》を下げながら言った。

「この宴会芸の美学は」とホップフロッグは続けた。「これを見るとご婦人方が恐怖におののくところにあります」

「すばらしい！」国王と大臣たちは大声で唱和した。

「まずあなたがたにオランウータンの扮装をしていただきます」小人は話を進めていく。「手順はすべてわたしに任せてください。この仮装をするとほんとうにホンモノそっくりになりますから、仮面舞踏会の参会者のかたがたはみな、あなたがたをホンモノのけだものだと思いこむでしょう——そしてもちろん、みなさんは驚くとともに恐がるのです」

「おお、それはたまらん！」国王は叫んだ。「ホップフロッグ！　おまえを一人前の男にしてやろう」

「鎖でつなぐのは、それをジャラジャラ言わせて騒ぎをエスカレートさせるためです。あなたがたは飼い主から集団脱走してきたという設定ですから。国王陛下にとっては想像以上の効果だと思いますよ、ともあれ鎖につながれた八頭のオランウータンが——しかも周囲がみんなホンモノにちがいないと思いこんでしまうけだものたちが——仮面舞踏会に出現するばかりか、豪華絢爛《けんらん》な衣装で着飾った男女のみなさんのどまんなかに吠《ほ》えまくりつつなだれこんでくるわけですから。これ以上の好対照はございません！」

「たしかにそうだ」と国王は呟《つぶや》き、大臣たちはそそくさと立ち上がり（もうすでに時間も時間であったので）、ホップフロッグの企画を実現に移そうとしている。

この一団をみなオランウータンに仕立て上げる方法そのものは、じつに単純ながら、目的のためには効果満点であった。問題のオランウータンなる動物は、この物語が語られている時代には、文明世界のいかなる僻地《へきち》においてもめったに見られない珍種である。だが小人たちの手を尽くした偽造オランウータンはじゅうぶんにけだものらしく、じゅうぶん以上におぞましかったため、この仮装が自然に忠実であるという一点は、ぶじ保証されることになった。

国王と大臣たちをまず肌に密着したメリヤスのシャツとズボン下でくるむ。そして全身にタールを塗りたくる。この作業段階で、鳥の羽根をも付けたらいいのではないかという提案が出た。だがこの提案はホップフロッグによって即刻却下される。彼はやがて視覚的根拠を挙げて説明し、オランウータンのような動物の体毛というのは亜麻で代用したほうがずっとリアルに表現できるのではないかと、彼ら八名を説得したのである。かくして、すでにタールがしっかりと塗られている上に、亜麻が分厚く貼《は》り付けられた。ここで長い鎖が用意される。まずそれを国王の腰に回し締め付けると、つぎのメンバーにも同じことをやる。そのように八名全員が順繰りに鎖で締め上げられた。鎖の装着が終わると、一団は各人からできるだけ離れて立つように指示され、八名は円形を成した。そして、これらすべてが自然なように見せかけるため、ホップフロッグは残りの鎖で円の中に直径を描き、さらにそこへ直角に交差するよう、もうひとつの直径を描く。今日、ボルネオでチンパンジーやほかの巨大猿猴《えんこう》類を捕獲するのに使用された方法に準拠したのである。

仮面舞踏会が催される壮大なホールはそれ自体が円形でじつに天井が高く、太陽の光は天井にあるひとつの窓から射《さ》してくるにすぎない。晩になると（それこそはこの会場を設計するのに想定された時間帯なのだが）あたり一面を光で満たすのはひとつの巨大なシャンデリアだ。それは天窓の中央から下がる鎖に吊されており、いつもは釣合おもりで上げ下げしている。もっとも（あくまで見栄えを良くするために）釣合おもりは丸天井の外、屋根の上に移されていた。

ホールの準備そのものはトリッペッタの監督に任されていた。しかし、いくつかの点で彼女は親友であるホップフロッグのはるかに冷静な判断に従っているふしがあった。げんに彼の示唆《しさ》により、今回はシャンデリアが撤去されることになった。シャンデリアから垂れてくる蠟《ろう》のしずくは（これほど暑い気候のときには垂れてこないようにできるわけがない）、来賓たちの豪華な衣装をひどく損なう怖《おそ》れがある。ホールは人でぎっしり埋め尽くされるだろうから、みんながみんな部屋の中央、すなわちシャンデリアの真下を避けるようにするのは無理な相談であった。その代わり、ホールの随所に参会者たちの邪魔にならぬよう蠟燭《ろうそく》台が設けられた。とりわけ、えもいわれぬ芳香を漂わせる燭台《しょくだい》が、壁を背にして合計五、六十体ほどは立ち並ぶ女人像柱ひとつひとつの右手に置かれた。

八頭のオランウータンたちは、ホップフロッグの助言どおり、真夜中になりホールが仮面舞踏者たちで埋め尽くされる時間帯までは姿を現さず、じっと待機した。しかし午前零時を告げる時計の音が鳴りやむやいなや、彼らは一斉に会場へ突入した——というか転がり込んだ、と表現する方が正しいかもしれない。というのも、鎖に縛り付けられているためそれが足枷《あしかせ》となって一行の大半が転んでしまい、とくに会場に乱入するときには全員がつまずいてしまったのだから。

仮面舞踏会の参会者たちが驚き騒ぐことといったら絶大なもので、これを見た国王はしてやったりとご満悦であった。想定どおり、参会者たちの中にはこの猛獣たちが、仮にオランウータンそのものではなかったにせよまぎれもなく実在の動物なのだと信じ込む向きが多かった。ご婦人たちの多くは恐怖のあまり失神した。そして国王がすべての武器をあらかじめホールから取りのけておくよう命じていなかったら、彼の仲間たちはこの宴会芸の報いを血で支払っていたことだろう。じっさい、人々は扉へ向かってどっと押し寄せた。しかし国王は自分たちが入場したらすぐ扉にはかんぬきをかけるようにと命じていたのだ。そして、ホップフロッグの妙案により、扉の鍵はすべて彼が握っていた。

騒ぎがクライマックスを迎え、参会者たちがみな自分自身の安全ばかりにかまけているあいだ（というのも、実際問題、興奮した群衆が押し合いへし合いしているために現実的な危険があったのだ）、シャンデリアをいつも吊り下げていて今日だけは巻き上げられている鎖が徐々に高度を下げ、ついにはその鉤爪《かぎづめ》のついた切っ先がホールの床まで三フィート（約一メートル）ほどのところまで降りてきた。

このすぐあとに、ホールのあちこちをさんざんふらつきまわっていた国王と七名の友人たちは、ついに自分たちがホールの中央に来ていること、そしてもちろん、シャンデリアの鎖が目と鼻の先まで降りてきていることに気づく。彼らがこの位置まで来たとき、そのあとをそっと追いかけ騒ぎを煽《あお》ってきたホップフロッグはといえば、連中をつないでいる鎖をつかみ取る——それも、円の中央で直角に交差し×の字を描く鎖のほかならぬ交差部分を。そしてまさにこの部分に、頭の切れる彼はシャンデリアを吊り下げていた鎖の鉤爪を差し込んだ。たちまちのうちに、姿の見えぬ何者かによって、シャンデリアの鎖は高く高く引っ張り上げられ、そのあげく鉤爪部分を手の届かないところにまで引き上げてしまった。必然的な結果として、オランウータンたちもみんな一緒に群れ集い顔付き合わせるすがたで引っ張り上げられたというわけだ。

このときまでには、仮面舞踏会の参会者たちはみな、どうにかこうにか恐怖から立ち直っていた。そして、これらすべてが凝りに凝った演《だ》しものなのだと気づき始め、オランウータンたちの苦境を見てゲラゲラ大笑いしだしたものだ。

「サルどものことは、わたしに任せろ!」このときのホップフロッグの金切り声は、これだけの大騒ぎの渦中《かちゆう》でも容易に聞こえるほどだった。「とにかく、わたしに任せてくれ。連中のことはよくわかっていると思うから。じっと見るだけで、誰が誰だか見分けがつく」

こう言うと、彼は会衆の間を這《は》いずるようにして、何とか壁に辿《たど》り着いた。そして女人像柱のひとつより燭台の松明《たいまつ》をもぎ取ると、たちまちホールの中心へと立ち戻る——そして敏捷《びんしよう》なサルのように国王の頭へ飛び乗ると、さらに数フィート(約六十から九十センチ)ほど鎖をよじ登り、松明をかざしてオランウータンの一団をじっくり確かめ、さらに叫んだ。「誰が誰だか、すぐにわかるぞ!」

そしていま、サルたちを含む会衆全体が笑いころげる一方、道化師ホップフロッグはいきなり耳をつんざくような口笛を吹いた。すると鎖はさらにおよそ三十フィート(約九メートル)ほど、混乱してあがくオランウータンたちを縛り付けたまま跳ね上がり、連中は天窓と床の中空で宙ぶらりんの状態に置かれてしまった。ホップフロッグ自身は跳ね上がる鎖につかまったままであったから、八名のオランウータンの仮装者たちとの相対的な距離は保持しており、いまも（あたかも事もなげに）松明を連中の方へふりかざしつつ、ひとりひとりが誰であるかを突き止めようとけんめいなようすだ。

会衆はみなこの鎖の上昇に骨の髄までショックを受け、およそ一分ほどのあいだ、誰ひとり口を開くもののない沈黙が続いた。それを破ったのは低くざらざらときしむ音であり、それはまさしくかつて、国王がトリッペッタの顔にワインを浴《ひ》びせかけたときに響いて国王と大臣たちの注意を惹きつけた、あの音であった。しかし、いまとなっては、その音がどこから聞こえてくるのかは、もはや疑いようもない。それは小人ホップフロッグの牙《きば》のごとき歯が発している音であった。彼は口から泡を吹き出しながら歯ぎしりし、狂気の怒りをたたえた表情で、国王と七人の大臣たちが上に向けたそれぞれの顔をにらみつけているのである。

「ははあん！」激怒した道化師ホップフロッグが言う。「ははあん！　こいつらがいったい誰だか、ついにわかってきたぞ！」ここで、国王をもっとじっくり吟味しようという素振りで、彼が松明をオランウータンをくるむ亜麻の外皮へかざすと、それはたちまちめらめらと燃え始めた。三十秒もしないうちに八頭のオランウータンたちはすべて火だるまとなり、あたりは下からそれを凝視していた群衆たちの阿鼻叫喚《あびきょうかん》に包まれた。彼らは恐怖にかられながらも何の手助けもできなかったのだから。

ついに炎は突如として勢いを増し、ホップフロッグはさらに鎖の上へとよじ登り、とうとう手の及ばぬところに達した。彼がそこまで突き進むうちに、群衆はほんのしばしのあいだではあるものの、再び沈黙した。小人はそのタイミングを捉《とら》えて、再び語った。

「わたしにはもうはっきりわかった」と彼は言う。「いったい彼らサルの仮装者たちがどんな人たちだったのかを。彼らは偉大なる国王と七人の枢密《すうみつ》顧問官たちだ——無防備の娘を何のためらいもなく突き飛ばす国王とその怒りを煽り立てる七人の顧問官たちなのだ。わたしか？　わたしはたんなる道化師ホップフロッグ——そしてこれこそがわたしの最後の道化芝居だ」

亜麻とそれに付着したタールとはいずれも燃えやすかったため、ホップフロッグはこの復讐《ふくしゅう》劇が終わるやいなや短い演説を切り上げなければならなかった。八名の屍体《したい》は鎖に揺られ、それらは腐臭とともに焼け焦《こ》げておぞましく、誰が誰だかわからないかたまりと化していた。脚の不自由なホップフロッグは松明を連中に放り投げ、ゆったりと天井まで登ると天窓から姿を消した。

おそらくはトリッペッタがホールの屋根に待機していて、ホップフロッグの烈火のごとき復讐劇すべてに手を貸していたのだろう。そしてふたりはともに祖国へ逃げ帰って行ったのだろう。なぜなら、あとでふたりのすがたを見た者は誰もいないからである。

黄金虫

ほうらほら見てみろ、こいつは狂ったみたいに踊ってるぞ。毒蜘蛛《タランチユラ》に嚙《か》まれたんだ。

——アーサー・マーフィ『間違いだらけ』

もう何年もまえにさかのぼるが、わたしはウィリアム・ルグランという人物と親しくしていたことがある。彼は長い歴史をもつユグノー家の生まれで、かつてはずいぶん財産に恵まれていたという。ところが一連の不幸がさまざまに襲いかかり、素寒貧《すかんぴん》になってしまった。そんな悲劇に伴う惨憺《さんたん》たる暮らしから逃れるために、彼は先祖代々の暮らしてきたルイジアナ州の都市ニューオーリンズを去り、サウスカロライナ州はチャールストン市の近くにあるサリバン島に居を構えた。

サリバン島は一風変わった島である。その大半が砂浜で、それが三マイル（約四・八キロ）ほども続くのだ。島の幅はどの部分を取っても四分の一マイル（約四百メートル）は超えない。本土とのあいだにはほとんど目につかない小川があるのみで、野生の葦《あし》や泥砂といった水鶏《クイナ》には絶好のリゾート環境の中をじくじく流れているのだった。推察のとおり、草木などにはほとんど恵まれておらず、あったとしても低いものしか存在しないと言っていい。それなりに大きな樹木にはお目にかかれない。島の西端にはムールトリー砦《とりで》がそびえ、いくつかみすぼらしい骨組みばかりの建物があって、夏になるとチャールストンの埃《ほこり》と熱から逃れ避暑に来る人々が住みついているのだが、そこではごわごわしたパルメットヤシが拝めるかもしれない。しかし島全体は、この西端部分と海岸の硬く白い砂浜を除けば、イギリスの園芸で大いにもてはやされている華麗なフトモモ科の各種低木がびっしりと下生えを成す。低木はしばしば十五から二十フィート（約四・五から六メートル）もの高さになり、容易には踏み込めない低林と化し、あたりの空気を芳香で満たしていた。

この低林のいちばん奥は島の東端かそれ以上に外れた地域に近いのだが、そこにルグランは小屋を建てていた。ひょんなことから知り合ったとき、彼はそこに暮らしていたのだ。われわれはたちまち友人になった——というのも彼の隠遁《いんとん》生活には興味津々《しんしん》だったし大いに尊重すべきと思ったからだ。ルグランは圧倒的な知的能力に恵まれ高い教育を受けた人物であったが、ただひとつ人間嫌いという病にかかっており、躁鬱《そううつ》ともいえる倒錯的な気分にかられていた。たいへんな蔵書家ではあったものの、本を活用することはめったにない。彼のいちばんの趣味は銃猟と釣り、もしくは浜辺に沿い、フトモモ科低木群をくぐり抜ける散策を行い、貝殻や昆虫標本を探しまわることだった——とりわけ彼の昆虫標本のコレクションは、仮にオランダの昆虫学者ヤン・スワンメルダム（一六三七―八〇年）が見たらうらやむこと疑いない充実ぶりであった。彼が遠出をするときには決まって、年老いた黒人のジュピターを伴う。彼はルグランの家族が没落する前に奴隷《どれい》としての身分を解除されてはいたが、脅しによっても契約によっても、自分の若き「ウィルご主人様」のあとをついていく権利と彼自身が見なすものを放棄するよう仕向けることはできなかった。ルグランの親族はウィリアムにいささか精神不安定なところがあるのを見越して、あらかじめジュピターのうちに頑迷な性格を刷り込み、この漂泊者を管理監督するようもくろんだのではなかろうか。

サリバン島の位置する緯度から言っても冬はさほど厳しくないのが常なのだが、その年に限り、秋にはもう火を焚《た》かないと暮らせないという異常事態に見舞われていた。あれは一八――年十月のなかごろだったろうか、身も凍るような日があったのは。日没前にわたしはけんめいに松柏《しようはく》類のなかを、もう何週間も訪れていないわが友の小屋へ向かって這《は》うように進んでいた――そのころわたし自身が住んでいたのはサリバン島から九マイル（約十四キロ）ほどの距離にあるチャールストンだったのだけれども、島を行き来する手段が今日のようには確立していなかったのである。小屋に着くとすぐ、わたしはいつもの習慣どおりに扉をノックしてみたが、まったく返事が還《かえ》ってこないため、いつもの鍵《かぎ》の隠し場所を手探りし、扉を開けると中へ踏み込んだ。暖炉では火がめらめらと燃えさかっている。じつに奇妙な光景であったが、べつだん不快ではない。わたしは外套《がいとう》を脱ぐとパチパチと音をたてている薪《まき》のそばの肘掛《ひじか》け椅子《いす》に腰をかけ、この家の主人たちが戻ってくるのをじっと待った。

とっぷりと日が暮れてまもなく彼らは帰宅し、わたしを大歓迎してくれた。ジュピターは大きく口を開けて満面の笑みを浮かべ、夕食の水鶏《クイナ》を調理しようとあたふたしている。ルグランはといえば、あたかも発作でも起こしたかのように——ほかに呼びようがない——興奮の渦に見舞われている。何でも彼は、新種とおぼしき、見たこともない二枚貝を発見したばかりか、もうひとつ、ジュピターの助けを得て、これもまったくの新種らしき黄金虫《オオタマオシコガネ》を仕留めて捕獲したばかりであった。もっとも、黄金虫については、彼は翌朝になったら意見を聞きたいという意向を示した。

「今夜だっていいのに」とわたしは呟《つぶや》き、炎に両手をかざしてこすり、黄金虫なんて悪魔にくれてやれと心の中では思っていた。

「うん、君がここへ来るのを前から知っていればなあ!」とルグラン。「とはいえ久しぶりじゃないか。それに、よりにもよって今夜ここまでやってくるとは想像もつかなかったよ。家へ戻る道すがら、ぼくはG—中尉《ちゅうい》が砦から出てくるのに出くわして、おろかなことにこの黄金虫を貸してしまったんだ。だからね、君は朝になるまで実物が見られないのさ。とにかく一晩泊ってくれ、そうしたら日の出のころに、ジュピターに言って取りに行かせるから。こんなに素敵なものはそうそう見られないぜ！」

「何が——日の出のことか？」

「とんでもない！　——黄金虫だよ。金色にぴかぴか光ってるんだ——大きなクルミ《ペカン》の実ぐらいの大きさで——背の端の方にはふたつほど漆黒の斑点《はんてん》があって、もう一方の端にはもうひとつずっと大きな斑点がある。触角《アンテナ》（南部訛《なま》りで「アン・ティニー」am-tinnyと発音）はね——」

「錫《ティン》（ルグランの発音した「触角」（アン・ティニー）の後半部tinnyを「錫」tinと聞き違えている）なんか入ってねえだよウィルご主人様、何度も言ってるでねぇか」とジュピターが口をはさむ。「こいつはな、黄金虫でさぁ。翅《はね》以外は中も外もどこを取っても硬い金でできてるんでさぁ。これまで手にした虫は、たいていこの半分以下の重さだったね」

「よし、そうだとすると」とルグランは問題のわりにはいくぶん真面目《まじめ》くさったような顔で答えた。「それが理由でおまえは水鶏を焦《こ》がしてしまうのか？　その色は——」と彼はわたしのほうを向いて「ジュピターにとっては自分の考えを正当化するのにじゅうぶんな根拠なんだよ。君はこの黄金虫の鱗片《りんぺん》が発する以上にきれいな金属の光沢を見たことがないんじゃないかな――でもそれは明日までお預けだ。いまはとりあえず、そいつがどんなかたちなのかを教えてあげよう」こう言うと、ルグランはペンとインクの置かれている小さな机の前に腰掛けたが、どうも紙が見つからない。引き出しの中を探すも、一枚も出てこない。

「大したことじゃない」と彼はついにあきらめた。「これが答えだ」そう言いながら彼はチョッキのポケットからずいぶん汚れた筆記用紙としか思えない紙切れを取り出し、そこにペンでおおまかに図解してみせた。彼がそれを描いているあいだ、わたしはまだ寒気を感じていたので、炉端の椅子から離れなかった。図解が仕上がると、彼は立ち上がることなく、紙切れを渡してよこす。受け取ったときだったろうか、大きなうなり声が聞こえたかと思うと、扉をがりがり引っ掻《か》く音がした。ジュピターが扉を開けると、ルグランの所有する大きなニューファンドランド犬が飛び込んできて、わたしの肩に飛びつき、じゃれ始めた。これまで訪問したときにもずいぶんかまってやったせいである。犬からも大歓迎を受けると、わたしは再び紙切れに眼をやり、正直に言おう、わが友がそこにスケッチした図解に少なからず眼を白黒させたのだった。

「おやおや！」しばらく考えこんでから、わたしは言った。「ずばり言わせてもらうよ、こいつは奇妙な黄金虫だね。まったく新奇なものだ、これまで見たこともない——これが人間の頭蓋《ずがい》か髑髏《どくろ》だというなら別だが——だって見れば見るほど髑髏そっくりじゃないか」

「髑髏ねえ！」とルグランがオウム返しに言った。「うん——たしかに——そう、紙に描くとどことなく髑髏みたいに見えるかもしれないよ、仰《おつしや》るとおりね。上の方にあるふたつの黒い斑点が眼みたいだし、それから下のほうにある斑点は口みたいだってことだろ——そのうえ全体像が楕円形《だえんけい》だもんねえ」

「まあそういうことだな」とわたし。「でもねルグラン、君は絵が下手なんだよ。ともあれその形状について何か考えろというなら、虫が届くまで待つしかないさ」

「そうかね、よくわからないが」とルグランは多少つむじを曲げた風情《ふぜい》で答えた。「まままあの出来だと思ってるよ——少なくともそう描くように努めたつもりだ——ずいぶん上手い先生に習ってきたから、自分じゃ下手なほうだとは思っていない」

「だけど、もしそうなら親友、君はふざけてるのかな」とわたし。「これは髑髏そっくりにしか見えない——もちろん、これはたいへん上手く描けた髑髏だと言うこともできるよ、生理学的実例をめぐる俗流解釈に倣《なら》えばね——そして君が描いた黄金虫が、もしほんとうに髑髏そっくりならば、世にも奇妙な黄金虫であるのはまちがいない。

まあ、こう考えると背筋が凍るような迷信が浮かんでくる。この虫には『髑髏虫』とかその手の学名をつけるんだろう――博物学の領域ではいろんな呼び方があるからね。とはいえ、君の言っていた触角というのは、いったいどこにあるんだい？」

「触角か！」とルグランは叫んだ。この件については妙に熱がこもるように見える。「もちろん、ちゃんと見えるはずだよ。ぼくは虫本体をそっくりそのまま描写したから、この図解でじゅうぶんと思ってるんだが」

「ううむ、そうかねえ」とわたし。「たぶん描いてくれたんだろう――ところが、それでもまだぼくの眼には見えないんだよ」このことで機嫌を損ねるのもいやなので、わたしはそれ以上何も付け加えることなく紙切れを彼に差し戻した。ところが、事態は妙な展開になり、驚いたものである。いったいどうして彼の機嫌が悪くなったのか、よくわからないのだ――そもそも、そこに描かれた虫に関する限り、触角などはいっさい見受けられないし、虫全体の図解はただひたすら人間の髑髏の挿絵そっくりと言うしかない。

彼はさも不服そうに紙切れを受け取ると、それをくちゃくちゃに丸めて火にくべようとするかに見えたが、そのとき図解をそれとなく一瞥《いちべつ》すると、たちまち何かに釘付《くぎづ》けになったらしい。すぐにも顔をえらく真っ赤に火照《ほて》らせたかと思うと、つぎの瞬間にはひどく青ざめていた。数分間ほどは座ったまま、自分の描いた虫の図解を細かく吟味し続けた。そしてようやく立ち上がると、テーブルの上からろうそくを取り上げ、部屋のいちばん奥の隅にまで進んで、そこにある水夫用の私物箱に腰かけた。その位置で彼は再び紙切れをじっくり眺めている。ありとあらゆる方向にそれを向けて見ていたのだ。とはいえ、彼はこのとき一言も口にすることなく、そのふるまいにはずいぶんと驚かされた。しかしわたしは、ここで何か口をさしはさもうものなら、ただでさえ募っている彼の苛立ちをますます燃え上がらせるのではないかと思い、慎重に構えた。ルグランはすぐ自分の上着のポケットから財布を取り出し、そこへ紙切れを注意深くしまいこみ、ともどもライティングデスクの中に入れると、鍵をかけた。このときにはずいぶん落ち着きを取り戻したようすであった。しかし当初の高揚感はすっかり影をひそめている。とはいえ、こんどは不機嫌というより何かに心を奪われているような表情だった。夜が更《ふ》けるにつれて、彼はますます夢想に耽《ふけ》るようになり、それに対してこちらが冷やかすようなことを言ってもおかまいなし。以前同様、この小屋に泊めてもらおうというのが当初の思惑だったが、しかし宿の主人がこんな精神状態とあっては、おいとましたほうがよさそうだ。ルグランのほうもとくにわたしを引き留めようとしない。ところが、いざ出発しようとすると、彼はいつも以上に親密な握手を求めてきたのだった。

それから一ヶ月ほどが経《た》ったころだろうか（その間というものルグランにはいっさい会っていない）、チャールストンに暮らすわたしのところに、ルグランの召使ジュピターが訪ねてきたのは。わたしはこの善良にして老いたる黒人がこれほどまでに気落ちしているのを見たことがなかった。したがって、何かしら深刻な悲劇がわが友を襲ったのではないかと不安にかられたものだ。

「やあ、ジュピター」とわたし。「いったいどうしたのかね？　――君のご主人様は元気か？」

「それが旦那《だんな》、ほんとのとこ、うちのご主人様はあんまりお具合がよくないんですだ」

「具合がよくないだと！　そんなことを聞かされるとはショックだな。いったい何が原因なんだ？」

「そこ、その点が問題なんでごぜえます。ご主人様はご病気の理由をまったくおっしゃらないんですだ。それでもたいへんにお悪くて」

「たいへんに悪いだと、ジュピター！　――どうしてそれをすぐに言わない？　彼はベッドに寝たきりなのかね？」

「いいえ全然――どこに寝たきりというわけじゃねぇんですだ。そこがいちばん困ってるとこでさぁ――おらの心はおかわいそうなウィルご主人様のことを思うと、しめつけられるようで」

「ジュピター、わたしはおまえが教えてくれていることをちゃんと理解しなくちゃならない。ご主人様は病気だというんだね。その病気の原因は何か、彼はおまえに打ち明けないのか？」

「へい旦那、ずうっと悩んでるんですが、ウィルご主人様はぜんぜん大したことない、と言い続けるばかりで――とはいっても、いったいどうして頭を下げっぱなし、肩をいからせっぱなしでお化けみたいに青白い表情であちこち何かを探し回っていなさるのか？　しかも、どこへ行くにも吸い上げ管《サイホン》を握って放さないし――」

「何を握って放さないだと、ジュピター？」

「吸い上げ管ですだ、それと一緒に図形をいっぱい書いた黒板を持ってる――いいや、あんな奇妙奇天烈《きてれつ》な図形は見たこともないですだよ。おっかなくてしょうがない。ご主人様からは下手に目が離せねぇ。今日も陽が昇る前にはおらをまいて、まるまる一日どこかへ消えていただ。大きな棍棒《こんぼう》をもってるんで、ご主人様が帰ってきたらお仕置きしてやろうと思ってたけど――でも、おらはほんにバカだからけっきょくそんなことをする度胸もなくて――ご主人様はほんとうにぼろぼろになってるだ」

「え？――いったい何事だ――ああそうか！――ともあれ全体におまえにはあの哀れな男に対してあんまり辛く当たらないでやってほしい――叩《たた》いたりしちゃいかんよ、ジュピター――あいつは持ちこたえられないだろう――だけどおまえには、いったいどうしてこんな病にかかったのか、あるいはむしろこれほどに態度が変わってしまったのはいったいなぜなのか、わかることはないのかね？　このまえ会ったときから何か不愉快な事件でも起こったんじゃないのか？」

「いんや旦那、あの日から不愉快な事件なんてこれっぽっちも起こっちゃいねぇ――じつはその前からおらは不安だった――旦那が来なさったあの日から」

「こりゃまたわからんことを言い出すね」

「いんや旦那、おらの言いたいのはあの黄金虫のことじゃよ――見つけたといったろ」

「何のことだって？」

「黄金虫じゃ――おらはご主人様があの黄金虫に頭のどこかを嚙《か》まれたんだと思っとる」

「いったいぜんたい、どんな根拠があってそんな憶測をする？」

「鉤爪《かぎづめ》があるからでさ旦那、口もね。おらはあんなおそろしい虫を見たことはねえだよ——とにかく近づくもんなら何でも蹴《け》っては嚙みつくだ。うちのご主人様が最初にそいつを捕まえようとしたんだが、すぐ放してしまったんでさぁ、たぶん——そのときどうやら黄金虫に嚙まれちまったんだ。おらはあの黄金虫の口の見た目がいやだったでな、そんで自分の手でつかむのもいやだったもんで、たまたま見付けた紙切れで一気に捕まえただ。そんでそいつをくるんで紙を嚙ませてやっただ——とにかく、そんなことがあってな」

「それじゃおまえは、ご主人様がほんとにあの黄金虫に嚙まれて、そのせいでご病気になったと思ってるわけか？」

「思ってるんじゃねぇ——わかるのさ。黄金虫にあれだけ嚙まれてなかったら、来る日も来る日も黄金のことばかり考えるなんてわけがあるかね？　黄金虫についちゃ、前にも噂《うわさ》を聞いてたしな」

「だけど、ルグランが黄金のことばかり夢見てるなんて、どうしてわかる？」

「どうしてわかるか？　ご主人様はそのことで寝言まで言うんだ、わかるに決まってらぁ」

「わかったジュピター、たぶんおまえは正しい。だけどな、いったいぜんたいどういう幸運で今日おまえさんをここにお迎えすることになったんだろうな?」
「どういうことでさ、旦那?」
「ルグラン氏から何かメッセージをもらって来てるんじゃないのか?」
「いんや旦那、ここにこんな手紙を持ってきてるだけさぁ」そしてジュピターはわたしにルグランからの手紙をよこした。そこには、こんなことが綴《つづ》られていた。

前略——

ほんとうに久しぶりだね。とはいえ君は、ぼくの些細《ささい》な不義理を責めたてるような愚か者ではないだろう。そんなはずはない、ありえない。

君に会ってからというもの、ぼくは大いなる心配事を抱えるようになったんだ。言いたいことがあるんだけれど、どうやって伝えればいいのか、またそもそも君に伝えるべきなのかが、よくわからない。

ぼくはここ数日間、たしかに具合がよくないから、哀れな老いたるジュピター が、善かれと思いあれこれ世話を焼いてはぼくを困らせ、とうとう耐えきれなくなってしまった。だって信じられるかい? 奴《やつ》は先日のこと、でっかい棍棒を用意して、ぼくが自分をまいて逃げだし、丸一日、たったひとりで本土の丘陵を散策してすごしたかどで、お仕置きしようとしたんだぜ。ぼくはまさしく、自分が病人くさく見えるがために懲罰を受けずに済んだと思っているよ。

このまえ会って以来、戸棚に付け加えるべき収穫は何もない。

もしも君のほうでどうにか都合が付くようならば、どうかジュピターと一緒に来てくれたまえ。ぜひとも。ぼくは今夜にでも重要な仕事のことで君と会いたいのだ。これは最重要の仕事なのだ。

草々

ウィリアム・ルグラン

この手紙の調子には、どことなく胸騒ぎを呼び起こすものがあった。文体そのものが具体的にルグラン自身のものとは異なっている。いったい彼は何を夢見ているのだろうか？　いかなる奇想天外な発想がその興奮しやすい頭脳に取り憑《つ》いてしまったのか？　いかなる「最重要の仕事」を彼は処理しなくてはならないのか？　ジュピターによるルグランの病状説明は不吉であった。いまなお引き続く災難がとうとうわが友の理性を失わせたのかと案じたものだ。ゆえに、いささかも迷うことなく、わたしはこの黒人召使に付き従った。

波止場に着くやいなや、わたしはそこに一本の大鎌《おおがま》と三本の鋤《すき》が新品同様という風情で、これから乗るボートの底に横たえられているのに気づいた。

「こんなものをそろえて、いったいどういうつもりなんだ、ジュピター？」とわたしは尋ねた。

「ご主人様の大鎌と鋤でさ、旦那」

「それはわかるよ。だが、わたしが訊《き》いているのは、いったい何のためにこんな道具を用意してるのかってことだ」

「ウィルご主人様が町へ行って大鎌と鋤を買ってくるようお命じになるもんだから、それでとんでもねえ大金と引き換えに買ってきたんでさ」

「しかしね、何とも不可思議なるものが世にあふれているとはいえ、おまえの『ウィルご主人様』はこんな大鎌と鋤を使って、いったい何をやらかそうっていうんだい？」

「わかりゃしませんや、それに、賭《か》けてもいいが、ウィルご主人様だってわかっちゃいねえ。でも、こういうのもみんなあの黄金虫の仕業さね」

ジュピターでは埒《らち》があかない。何しろやつの知性全体がいまや「あの黄金虫」に侵されてしまっているのだから。そう判断すると、わたしはボートに乗り込み出帆した。さわやかで強い風を得て、われわれはすぐにもムールトリー砦《とりで》の北側の入江に辿《たど》り着いた。そこから二マイル（約三・二キロ）ほど歩いて、ルグランの小屋へ到着した。午後三時頃のことだ。ルグランはいまかいまかとわれわれを待ち構えていた。彼はわたしの手を神経質そうに熱っぽく握りしめたが、まさにそのことでこちらは警戒したし、すでに抱いていた疑惑の念もますます強まるばかり。彼の表情はおぞましいほどに青ざめており、彫りの深い眼は自然ならざる輝きを帯びてらんらんと光っている。健康状態をめぐる質問をいくつかしたあと、わたしはほかに言いようもなかったので、まずは肝心の黄金虫をG──中尉《ちゅうい》から取り返したのかどうかを尋ねてみた。

「もちろんだよ」と彼はひどく顔を赤らめながら答えた。「あの翌朝には、すぐにも取り戻している。もうあの黄金虫と別れようもないからね。ジュピターも真相をつかんでいるのは、知ってるかい？」

「どういう意味で？」とわたしは、不吉な予感を覚えながら訊く。

「あれは全身が純金でできた虫だってことさ」彼はとてつもなく真面目なようすで答え、それに対してわたしはえも言われぬ衝撃を受けた。

「この黄金虫は財産《フオーチユン》をもたらしてくれるんだよ」と彼は晴れ晴れとした微笑を浮かべて続けた。「その結果、ぼくは一家の財産を取り戻すことになるだろう。だからこそ大事にしているのも不思議ではないだろう？　運命《フオーチユン》（財産の意をかけている）がこれこそぼくにふさわしいと判断したとあっては、この財産はきちんと使わなくちゃならないし、その象徴たる黄金を手に入れなくちゃならない。ジュピター、あの黄金虫をもってきてくれ！」

「へえ、あの虫ですとご主人様？　おらはあんな虫と関わって面倒なことになりたくねぇだ——ご自分で持って来なさるがええ」それを聞くやいなやルグランは重苦しくも堂々たる雰囲気を漂わせながら立ち上がり、ガラスのケースから黄金虫を取り出すと、こちらに持って来てくれた。それは美しい黄金虫であり、その当時には博物学者にも知られておらず——当然ながら科学的知見における一大収穫であった。その背中の一方の極の近くにはふたつの黒くて丸い斑点があり、もう一方の極の近くには長丸の斑点がある。その鱗片は磨き抜かれた黄金と見まごうぐらいに、あまりにも硬質できらびやかだった。虫の重さもずっしりとしたもので、こうしたことすべてを考慮するなら、わたしはジュピターのこの虫に対する見解を責める気にはなれなかった。しかしルグランがその意見に同調しているのをいったいどのように解釈すべきかは、とうていわからない。

「ぼくが君を呼びにやったのは」わたしが虫をじっくり調べ終わると、彼の荘重なる声が響く。「ぼくが君を呼びにやったのはね、こういう運命と虫についていったいどう考えていけばいいか、助言してもらいたい、手助けしてもらいたいからなんだ」

「親愛なるルグラン」わたしは彼を遮って叫ぶ。「君はほんとうに病気なんだよ、少し用心したほうがいい。さっさとベッドに入りたまえ、ぼくは君がよくなるまで、数日間は一緒にいてやるから。どうも熱があるようだよ、それに――」

「脈を測ってみてくれ」

やってみた。そして正直なところ、熱はまったくないのがわかった。

「でも君は病気かもしれないんだ、なのに熱がないだけなんだ。とにかく病気を治してもらうよ。まずはベッドに入りたまえ。つぎに――」

「君はまちがってる」と彼は口をさしはさむ。「ぼくの想定では、どうやらこれは興奮状態なんだよ。もしも本気でぼくの健康を祈るのならば、この興奮状態を取り除いてくれ」

「どうやればいい？」

「かんたんなことさ。ジュピターとぼくは本土の丘陵地帯へ探検に出かける予定だが、そのおりに、誰か信頼できる人間の助けが必要なんだ。そして君こそはぼくらがただひとり信頼できる人物だ。うまくいくかどうか、それはわからないけれど、いま君の眼に映っているぼくの興奮状態は、同時に収まっていくはずだ」

「ともあれ君の願いは聞いてやりたいが」とわたしは答えた。「でも君が言いたいのは、この悪魔のごとき黄金虫が丘陵地帯への探検と何かしら関係があるってことなのかい？」

「大ありなんだ」

「だったらルグラン、ぼくはそんなバカバカしい探検に参加するわけにはいかんよ」

「だとすれば残念だ、ほんとうに残念だ——というのも、こうなったらぼくらはこの探検を自分たちだけで決行しなきゃならないからね」

「自分たちだけでやるって！　まったく頭がおかしいんじゃないのか、この男は！——だが待てよ！——いつまで留守にするつもりなんだ？」

「たぶん一晩中だ。すぐに出かけて、ともあれ日の出までには戻ってくる」

「それじゃ君は名誉にかけて誓うか、この珍妙な探検ごっこが終わって黄金虫をめぐる仕事（なんてことだ！）に片がついたら、さっそく帰宅して主治医ともどもぼくの助言にも従うと？」

「もちろん約束するさ。さあ出かけよう、一刻もおろそかにはできない」

重い気分でわたしは友の探検に同行した。四時ぐらいに出発した一行は——ルグランとジュピター、愛犬とわたし自身だ。ジュピターは自ら大鎌と鋤を抱えた——それらぜんぶを自分が背負うと言ってきかなかったのだ——彼がこのようにふるまったのは、勤勉だとか従順だとかいった美徳の成せる業ではなく、これらの道具を主人の手の届くところに置いてはまずいと見る恐怖心ゆえであった。ジュピターの態度は頑固一徹で、彼が探検中に漏らした言葉といえばただひとつ「あのいまいましい虫」のみであった。わたしはといえば、二つほどランタンを持たされており、一方ルグランは黄金虫を鞭縄《むちなわ》の端につけて持ち歩き、悦に入っていた。彼は歩きながら、この鞭縄を奇術師のごとくあちらこちらに振り回していた。こうした行状こそはわが友が精神錯乱をきたしている決定的にして明白なる証拠であり、見ていて涙するほかはない。わたしは当座のところだけでも、あるいはわたしが折をみて強硬手段に出られるようになるときまでは、ルグランの奇想に調子を合わせてやるのがいちばんいい、と考えた。その一方でわたしは探検の目的をめぐり彼に向かってあれこれ挑発的な言葉をかけてみたが、相手は素知らぬ顔である。いったんわたしを探検隊の一員として巻き込んでしまったら、彼はもう取るに足らない話題についてはロをききたくもないらしく、わたしが何を問いかけても「いまにわかるさ！」と答えるばかりだった。

わたしたちは小型の軽装帆船で島の末端にある小川を横切り、本土の岸辺の高地を昇り、北西の方向へ進み、前人未到にして荒涼茫漠《ぼうばく》とした土地を通り抜けていった。

ルグランは決然として先陣を切る。そこここで立ち止まるにしてもほんの一瞬のことで、それは以前に彼が編み出したいくつかの目印と思われるものを確認するためであった。

このようにしてわれわれ一行はおよそ二時間ものあいだ探索を続け、これまでくぐりぬけたどの場所よりも陰鬱《いんうつ》きわまる地帯へさしかかる。そこは一種の台地であり、ほぼ到達不可能な丘の頂上に近く、樹木はふもとから頂上まで鬱蒼《うっそう》と生い茂り、あたりには巨大でごつごつした岩が散在している。これらの岩は一見したところゆったりと大地に横たわっているかのようだが、その多くは、下の谷間に転落しないよう、まさしく大木によって支えられているのだ。奥深い峡谷は、どこを見回しても、風景全体に重苦しいほどの荘厳《そうごん》な雰囲気を与えていた。

われわれがよじのぼった自然の大地にはいばらがびっしりと繁茂しており、そこを通り抜けるには大鎌をふるわないことには無理だということがすぐにわかった。そしてジュピターはといえば、主人の命令に従い、大鎌をふるって道を切り開き、驚くほど巨大なユリノキの根元にまで達した。この木は八つあるいは十ほどの樫《かし》の木に囲まれて平地に聳《そび》えているのだが、その葉やかたちの美しさからいっても、その枝の広がりからいっても、ひいてはその堂々たる外観からいっても、これまでに見たどの木をも圧倒していた。われわれがこのユリノキに辿り着くと、ルグランはジュピターのほうを向き、この木に登ることができるかと尋ねた。老人はその質問にいささかたじろいだようであったが、しばらくのあいだ何の回答もしなかった。とうとう彼はその木の巨大な幹に近寄り、周囲をゆっくり歩き、それをつぶさに吟味した。自分なりの調査を終えると、ジュピターはようやく答えた。

「だいじょうぶだよご主人様、おらはこれまでどんな木にでも登ってきたさぁ」

「だったらすぐにでも登ってみてくれ、じきにあたりが暗くなって、われわれが探している獲物も拝めなくなるからな」

「どんだけ登ればいいのさ、ご主人様?」

「まずは真ん中の幹を登るんだ、そのあとどの方向へ行けばいいかは、追って指示する──ああ、それと──待て待て! ──この黄金虫を一緒に持って行け」

「その黄金虫をだって、ウィルご主人様! ──その黄金虫を!」と黒人は叫び、いやそうに後ずさる。「いったいなんでこんな虫を持って木登りせにゃならんのか? ──わからねぇよ!」

「おまえみたいに図体のでかい黒人でも、こんな無害でちっぽけな虫の死骸《しがい》を持って行くのが怖いというなら、そうだな、この糸に結んで行くがいいさ──だがな、それでもおまえがなぜかこいつを持って行きたくないっていうなら、わたしはこのシャベルでその脳天を叩き割ってくれるぞ」

「どうしたっていうだ、ご主人様?」とジュピターは、ルグランの剣幕に圧されておどおどしているのがわかる。「こんな年寄りの黒んぼ相手に大騒ぎして。ふざけただけでさぁ。おらが虫を恐がってるって! そんなバカな」かくしてジュピターは糸のいちばん端を恐る恐るつまみあげ、可能な限り距離をおいてその先に括《くく》りつけられた昆虫を維持しながら、木登りの準備態勢に入った。

ユリノキはアメリカの森林のうちで何よりも壮麗な樹木だが、まだ若木のころにはじつになめらかな幹を備え、左右の枝もないまま相当に高く伸びていく。しかし、それが成熟してくると、樹皮は節くれ立ってふぞろいになり、他方では幹のところにおびただしい大枝が生えてくる。かくして、今回の場合の木登りのむずかしさは見た目ほどではなかった。ジュピターは巨大な木の円柱をできるだけしっかりと腕と膝《ひざ》で抱きかかえ、両手で枝をつかみつつ裸足《はだし》の爪先《つまさき》は別の枝にかけて、一、二度いまにも落下しそうになりはしたけれど、ついになんとかすり抜けては、最初の木の叉のところに辿り着き、これで実質的にはお役御免と思い込んでいるようだった。木登りに伴うリスクはじっさいのところ回避されたのであり、それはジュピターが地面から六十ないし七十フィート（約十八ないし二十一メートル）のところにいるとしても、変わりはない。

「どっちに向かえばいいんじゃ、ウィルご主人様」とジュピターは尋ねた。

「いちばん大きな枝に沿って行け――そう、こっち側のだ」とルグラン。黒人は迅速にその指示に従い、どうやらほとんど困ることはないらしい。ますます高く登って行って、ついに彼のずんぐりしたすがたは、それを覆《おお》い隠す鬱蒼とした群葉ごしに眼をこらしても見えなくなってしまった。すぐに彼の声だけが「おーいおーい」というふうに響く。

「どんだけ奥まで行かにゃならんかね？」

「どれぐらい高く登った？」とルグラン。

「ずいぶん高いさね」と黒人が答える。「木のてっぺんから空が見えるだ」

「空のことなんかどうでもいいから、わたしの言うことを聞け。そこから幹を見下ろして、おまえのいる側の下にはいくつの大枝があるかを数えるんだ。登る途中でいくつ大枝があった？」

「いち、にい、さん、しい、ご――おらは『こっち側』で五本の大枝をくぐりぬけて来ただ」

「だったら、あと大枝ひとつぶんだけ高く登れ」

数分して再びジュピターの声がした。七番目の大枝まで来たという。

「さあてジュピター」とルグランはずいぶん興奮したようすで叫ぶ。「その大枝を足場にその先まで、行けるだけ進んでほしいんだ。そこから何か奇妙なものが見えたら、報告しろ」

このときまでに、わが友が気が狂っているのではないかというわずかばかりの疑念は、とうとう確信に変わった。ルグランは狂気に取り憑かれているとしか考えようがないし、わたしは彼を帰宅させなければと真剣に案じるようになった。そのためにはどうすればいちばんいいかをあれこれ考えていると、再びジュピターの声がした。

「この大枝の先へどんどこ行くってのが怖くてしかたねぇのは――この大枝がひどく枯れてるからでさぁ」

「その大枝が枯れてると言ったか、ジュピター？」そう叫ぶルグランの声は震えていた。

「そうでさ、ご主人様。この大枝は鋲釘《びょうくぎ》みてぇに命がねぇんだ――すっかり終わっちまってるよ――生きちゃいねぇんだから」

「いったいぜんたい、どうすればいいんだ？」とルグランは、これ以上ないほどに落ち込んだようすで問いかける。

「さあさあ！」とわたしは口をさしはさむ絶好の機会が到来してうれしくなった。「家に帰ってベッドに入るんだ。いますぐにだよ！　——いい子だから。もうどんどん夜も更《ふ》けてきてる。かてて加えて、君はぼくとの約束を覚えてるだろう？」

「ジュピター」とルグランはわたしには一顧だにせず叫んだ。「聞こえるか？」

「あいよウィルご主人様、しっかり聞こえるだ」

「それじゃあナイフで樹木に斬《き》りつけて確かめるんだ、ほんとうに腐っているのかどうか」

「ほんとに腐ってるだご主人様、まちがいねぇ」数分ほどして黒人は答えた。「だけんど思ったほど腐ってるわけじゃねぇ。この大枝からおらひとりで思い切りよく進んでみっか、ほんとに」

「おまえひとりで、だと！　——どういうわけだ？」

「へいこの虫のことさ、このえらくずっしり来る虫さ。こいつを下に降ろしちまえば、この大枝も黒んぼがたったひとり乗っかってるぐらいじゃ折れたりせんよな」

「度しがたいろくでなしだな、おまえは！」とルグランは、ずいぶん肩の荷が下りたかのように叫んだ。「そんな戯言《たわごと》をおれに聞かせて、いったいどういうつもりなんだ？　もしも黄金虫を上から落としたりしたらまちがいなく！　——わたしはお前の首をへし折ってやる。いいかジュピター！　聞いてるか？」

「ああ聞いてるだよ、ご主人様。そんなふうにこの哀れな黒んぼを怒鳴りつけたりしなくてもいいさね」

「よおし、それじゃよおく聞け！　——もしもおまえがその大枝沿いにその先の方まで、安全な限り行けるところまで行ってくれたら、そして黄金虫を落とさないでいてくれたら、おまえが降りて来た暁には銀貨一ドルを進呈しよう」

「やってみるだよウィルご主人様——こらたいへんだ」と黒人はすぐさま答えた。

「もうすぐ大枝の先っちょに着くだよ」

「もうすぐ先っぽだと！」ルグランはますますわめきたてた。「大枝の先っぽにもうすぐ届くってことか？」

「ああ、もうすぐだよご主人様——おやおや何じゃこりゃ、とんでもない！　この木にくっついてる、このおかしなもんは？」

「よし！」ルグランは得意満面で叫ぶ。「何がある？」

「こいつは髑髏《どくろ》にしか見えねぇよ——誰かがこの頭蓋骨《ずがいこつ》を木の上に置き去りにしたん

じゃ、そいで鴉《からす》が肉という肉をつついて食っちまったんじゃ」

「髑髏と言ったな！　――でかしたぞ！　――そいつはどんなふうに大枝につながってる？　――どんなふうに縛り付けられてるんだ？」

「わかっただよご主人様、とっくり見てみんとわからん。おやおや呆《あき》れたね、こいつぁまったくヘンテコじゃねぇか――でっかい釘を頭蓋骨に突き刺して、それでもってこの木に留めてやがる」

「よしよし、じゃあジュピター、わたしのいうとおりにするんだ――聞いてるか？」

「ああご主人様」

「それじゃ気をつけてやるんだぞ！　――その髑髏の左目を探せ」

「ほいほい、こりゃすげぇ！　目ん玉がくりぬかれてるだよ」

「バカなことを言うんじゃない。おまえは右手と左手のちがいはわかってるか？」

「ああわかってるだよ――ちゃあんとわかってる――いつも左手で薪《まき》を割ってるだ」

「あたりまえだ！　おまえは左利きなんだから。そしておまえの左目は左手と同じ側にあるんだぞ。さあ、こんどはその髑髏の左目が、つまり左目があったはずの場所が見つかるはずだ。見つかったか？」

長い沈黙が続いた。やっとのことで黒人はこう尋ねてきた。

「髑髏の左目は髑髏の左手と同じ側にあるってことじゃな？　――何しろこの髑髏にはこれっぽっちも手がついてないもんだから――まあええか！　左目はこっちだ――ここにあるだよ！　で、これから何をすればいいんじゃ？」

「黄金虫をその左目に通し、糸が届く限り落としていくんだ――しかし注意してやれよ、糸を絶対に放すんじゃないぞ」

「お安い御用だよ、ウィルご主人様。左目の穴から虫を吊《つ》り下げるなんて朝飯前だ――はてさて、下のほうから見えるかね？」

　こんなやりとりが交わされているあいだ、ジュピターのすがたかたちはまったく見えなかった。しかし彼が吊り下げて来た黄金虫の方は、糸に括られてとうとうすがたを現し、夕日の最後の光を浴びて、磨き抜かれた金球のごとくに輝く。同じ夕日の残り火は、われわれが立っている場所をもかすかに照らし出している。かくして黄金虫はどの枝にも遮られることなく吊るされて、落ちるようなことがあればわれわれの足下まで落ちてきそうな雰囲気であった。ルグランはすぐ大鎌を持ち出し、それをふるって、黄金虫の真下の地点に直径三から四ヤード（約二・七から三・六メートル）ほどの円形の空間を作り、その作業を終えるとジュピターに糸を放し、そして木から降りてくるようにと命じた。

黄金虫の降下地点にぴったり合わせ、杭《ペグ》を地面に正確無比なまでに打ち込んだわが友は、こんどはポケットから巻尺を取り出した。打ち込んだ杭にいちばん近い木の幹に巻尺の端を固定すると、彼はそれを杭のところまでどんどん延ばして行き、その地点をも超えて、木と杭の二点によって結ばれた直線のさらなる先へと踏み出し、五十フィート（約十五メートル）ほども進んだろうか——このときジュピターはといえば、大鎌をふるって生い茂ったいばらを刈り取っていた。このようにして決められた一点に第二の杭が打ち込まれた。そしてこの杭を中心にして周囲に直径四フィート（約一・二メートル）ぐらいの大ざっぱな円が描かれた。ルグランはこんどは鋤を一本手に取り、もう一本をジュピターに、さらにもう一本をわたしによこして、可能な限り早く地面を掘り始めるよう懇願した。

本音を言うなら、わたしは娯楽としてもこんなことにハマったことはなく、まさに協力を要請されているこの瞬間にも、いやでいやでしかたがなかった。というのも夕《ゆう》闇《やみ》が迫っていて、すでにさんざん肉体を酷使していたからくたくただったのである。とはいえいまさら逃げ出すわけにもいかないし、無下に断ったらわが哀れな友がせっかく落ち着いているのに動揺させることになりそうで、それも困る。ほんとうのところ、ジュピターが手助けさえしてくれたなら、この頭のおかしな男をむりやり帰宅させようと試みるのに何のためらいもなかったろう。だがわたしにはこの老黒人の気質がわかりすぎるほどわかっていたので、どのような条件下であっても、彼がわたしの味方になり自身の主人と個人的に闘争するなどとは、とうてい望みえない。はっきりしているのは、ルグランが南部に語り伝えられる無数の埋蔵金伝説のうちのどれかに取り憑かれてしまい、その妄想は黄金虫の発見によって、あるいはおそらくジュピターが頑迷なまでにこの虫を「全身純金でできた虫だ」と訴え続けていることによって、現実味を帯びてしまったということだ。狂気に陥りやすい心というのは、こうした示《し》唆《さ》をいくつか受けるだけですぐにも感化されてしまうものである——とりわけその示唆と自身があらかじめ後生大事にしてきた思想との相性がぴったりだった場合には。そしてこのとき思い出したのは、哀れな友がこの黄金虫こそ「財産の象徴」なのだと力説していたことだった。概してわたしはひどく懊悩《おうのう》し当惑していたのだが、とうとう、したくないことでも必要ならばやらねばなるまいと——そう、あくまで善意で発掘作業に協力せねばなるまいと——結論したのだ。その方がずっと早く、この幻視者に眼にもの見せて、いかに彼の見解がまちがっていたかを実感させることができるのだから。

ランタンに灯がともると、わたしたちはみなご立派な大義名分にふさわしく熱心に作業にいそしんだ。ランタンの光がわれわれのすがたや作業道具を映し出すと、こう思わざるをえない——われら一党は何とピクチャレスクな集団であることか、はたまた、万が一誰かしら偶然にもこの場所にまぎれこんでくる者がいたとしたら、われわれの作業はいかに奇妙でいかがわしいものに見えることかと。

ゆうに二時間ほどはじっくり掘り続けた。みんなほとんど口をきかない。うるさいのは主として犬がキャンキャン吠《ほ》え立てる声で、どうやら人間たちの所業にずいぶんな興味を持っているらしい。犬はとうとう、あまりにも騒ぎたてるので、ひょっとしたら近くに誰か浮浪者でも迷い込んだぞという警告なのではないかと心配したものだ——むしろ、こうした懸念はルグラン本人のものであった。わたしはといえば、このように作業が中断するのは大歓迎で、そのたびごとにこの漂泊者を家へ連れ戻せると思ったものである。犬はえんえんと吠え続けたが、ついにジュピターが黙らせるに至った。彼はじっくり粘り強く考えたようすで掘り進んでいる穴から出てくると、この猛犬の口を自分のズボン吊りのひとつで縛り上げてしまい、ずいぶんな含み笑いをしながら、仕事に戻ったのであった。

二時間が過ぎ去ったときには、すでに五フィート（約一・五メートル）ほどの深さに達していたが、何らかの財宝が出てきそうな気配はまったくない。みんな一休みすることになり、わたしはもうこんな茶番劇は打ち切りだろうと考え始めていた。ところがルグランは、明らかにひどく落ち込んでいるというのに、自分の額を思慮深く拭《ふ》くと、作業を再開したのだ。われわれが掘った穴全体は直径四フィート（約一・二メートル）のサイズで、この時点ではさらに規模をわずかに広げようとあと二フィート（約六十センチ）ばかり深く掘り進んだ。それでも何一つ出てこない。黄金を求めて血眼になっているこの男をわたしは心底哀れに思うが、その彼もとうとう絶望のどん底に陥った表情で穴から外へ這い出し、ゆっくりと、だが気乗りのしないようすで、作業前に脱ぎ捨てた上着を手に取り身支度しようとしている。一方のわたしは何一つ口をさしはさむことはない。ジュピターはといえば、主人からの合図を受け、作業道具を片付け始めた。用意ができると、犬も口輪から解放され、われわれはすっかり黙りこくったまま、家路に着いた。

おそらくは十二歩ほど帰路に向かったころだろうか、ルグランが罵声《ばせい》をあげながらジュピターにのっしのっしと近寄ると、首根っこをつかんだ。驚いた黒人は眼を丸くし口をあんぐり開けて、携えていた鋤を取り落とし、膝《ひざ》をついた。

「このろくでなしめ」とルグランは歯を食いしばり音節に怒りを込めた。「黒くて度しがたいろくでなしめ！——さあ言ってみろ——いますぐおれの質問に答えるんだ、言い逃れは許さん。さあ、いったいどっちが――どっちがおまえの左眼だ？」

「なんてこった、ウィルご主人様！　ええっとこっちがたしかおらの左眼じゃねぇですかい？」怯《おび》えたジュピターがわめいて返す。しかしその手は彼の右眼の上に置かれており、そこをけんめいに抑えているのは、あたかも主人が自分の眼を奪うのではないかと案じて、即座に反応したかのようだ。

「そうだと思ったぜ――わかってたんだよ！　――ばんざい！」ルグランは大声で叫ぶと、黒人を解放し、騰躍《とうやく》しては旋回するのをくりかえして、自らの従者の度肝を抜いた。そう、それを見たジュピターは膝を伸ばして立ち上がり、押し黙ったまま、主人の方からわたしの方へ、そして再びわたしの方から主人の方へと眼をきょろきょろさせていた。

「来るんだ！　戻らなくちゃいかん」とルグラン。「ゲームはまだ終わってないぞ」そして彼は再びユリノキへと道を引き返した。

「ジュピター」われわれがその木の根本に達すると、ルグランは言った。「こっちへ来い！　髑髏は顔を上向きにして大枝に釘付けされていたのか、それとも顔は大枝側に向いていたのか？」

「顔は上向きじゃったよ、ご主人様。だから鴉どもがうまうまと眼を食いつくしたんじゃ」

「よし、だったらおまえが黄金虫を吊り下げたのはこっちの眼からか、それともそっちの眼からか？」――ここでルグランはジュピターの両眼をひとつひとつ触る。

「こっちの眼じゃよ、ご主人様――こっちの左眼じゃ――言われたとおり」そして黒人が指し示しているものこそは、彼の右眼であった。

「よし、わかった――もういちどやってみなくちゃならん」

ここでわが友は――その狂気のまわりにも何らかの方法論が示されていることをわたしがいま確認した、あるいは確認したと空想した友は――黄金虫を落とした地点に打ち込んだ杭を引き抜き、前の位置から三インチ（約七・六センチ）ほど西の地点に移し替えた。こんどは巻き尺を、以前と同様、その杭にいちばん近い木の幹を基点に、そこからまっすぐ伸ばしていって五十フィート（約十五メートル）ほど離れたところの地点にしるしを付けた。さっきわれわれが掘り返していた地点から数ヤード（約二から三メートル）ほど離れた場所だ。

新しい地点のあたりで、以前のよりちょっと大きな円がいまや描かれ、われわれは再び鋤をふるって掘り始めた。わたしはくたびれ果てていたのだが、いったいどうして自分自身の考え方が変わってしまったのかどうにも突き止められないままに、こういう仕事をやらされていることにもさして反感をおぼえなくなっていた。この作業に対して、どうにもわけがわからぬままに興味を覚えるようになり――いや、それどころか興奮するようにさえなっていたのだ。おそらくはルグランが示すありとあらゆる過剰なふるまいのうちでも何かが――何らかの先見性ないし熟慮の跡のある気配が――心に刻み込まれたのだろう。わたしはいっしょうけんめい掘り続け、いつか自分自身が期待にも似た気持ちを抱きつつ、夢の財宝を、それを幻視するあまりにわが不幸な友が発狂してしまったあの財宝を、自ら探すようになっていた。かくも奇想天外な空想に最も強烈に取り憑かれたころ、そしてわれわれがおそらくは一時間半ほど作業したころ、再び犬がけたたましく吠え立てた。そわそわした感じはひとまず気まぐれでじゃれているだけとも見受けられたが、しかしこんどばかりはどこか切実で真剣なふうにも響く。ジュピターがまたしても口輪をはめようとするやいなや、犬は獰猛《どうもう》なほどに抵抗を示すと、穴の中へ飛び込み、爪《つめ》で一心不乱に地面を引っ掻《か》く。数秒ほどして、大量の人骨が現れた。二人の人間の骸骨《がいこつ》がいくつかの鋼鉄のボタンと混じり合い、ぼろぼろになったウールの残骸も見つかった。鋤を一振り、二振りほどすると、巨大なスペイン製のナイフが発掘された。そしてさらに深く掘り進むと、三つか四つの金貨や銀貨がばらばらと出てきた。

これらを発見してジュピターはうれしさを抑えきれなかったが、しかし主人の表情を見ると絶望のどん底に突き落とされたかのように見える。ルグランはわれわれに作業を続けるようにと告げ、ほとんど口も利《き》かなかったのだが、折も折、靴の爪先が大地に半ば埋まっていた巨大な鉄の環《わ》にひっかかり、わたしはよろけて前へとつんのめった。

いまやわれわれの発掘は真剣そのものだった。そして、これほどに血湧き肉躍る十分間をすごしたことはない。この十分間のあいだにわれわれは長方形の木箱をみごと掘り当てたのだった。この木箱は完璧な保存状態にあり、すばらしく頑丈に出来ているところを見ると、何らかの鉱化作用を被っていたことは明らかだ——おそらくは塩化水銀のそれではあるまいか。この木箱の長さは三フィート半（約一メートル）、幅は三フィート（約九十センチ）、それに深さは二フィート半（約七十六センチ）。錬鉄のバンドでしっかり巻かれているうえに、鋲《びょう》留めされており、全体に格子《こうし》状を成す。てっぺんに近い木箱の両側には鉄環が三つずつついており——ぜんぶで六つだ——それらを利用して六名の人間がこの木箱をしっかり運んでいくというわけだ。われわれがどんなに力を合わせても、その財宝箱を土台からほんのわずかズラすのがやっとだ。わたしたちはこれほどに重いものを動かすのがいかに無謀かということがたちどころにわかった。幸運なことに、木箱のふたを唯一《ゆいいつ》締め付けているのはふたつの差し錠である。これらの差し錠を引き戻してみて――不安で震えながら喘《あえ》いだものだ。たちまち圧倒的価値をもつ財宝がわれらの目前に光り輝く。ランタンの灯が穴の内部に入ってくると、ごたまぜになった黄金や宝石などからまばゆいばかりの輝きが上方へ光を放ち、われわれは眼がくらくらした。

そこで凝視していたときの感覚は筆舌に尽くしがたい。当然ながら、ただただ驚くしかなかったのだ。ルグランは興奮しすぎてよれよれの風情《ふぜい》で、ほとんど何も話さない。ジュピターの表情はしばらくのあいだ、黒人の顔色にしては自然に反するほどに、おそろしく青白かった。どうやら仰天して――腰を抜かしているらしい。すぐに彼は穴の中でひざまずき、肱《ひじ》までむきだしの腕を黄金の中にうずめて動かすことなく、あたかも優雅に温泉に浸《つ》かっているかのようであった。とうとう深くため息をつくと、ジュピターは独り言のように叫んだ。

「これがぜんぶあの黄金虫のおかげだっちゅうだかね！　あの哀れな黄金虫、哀れでちっぽけな黄金虫、おらがさんざんいたぶったあいつのおかげなのかね！　恥ずかしいと思わんのか、この黒んぼは？　――どうなんじゃ、答えるがいい！」

ついにわたしの方から主人と従者を促して財宝を持ち去ったらどうかと提案しなけ

ればならなくなった。夜も更けており、もうすこし力を尽くせば夜明け前には財宝すべてを確保することもできるだろう。いかなる策を講じるか、それが問題だった。長い長い時間をかけて思いめぐらし――そのあげく、みんなの考えが紛糾した。われわれはとうとう、その中身の三分の二ほどを取り去ることで木箱全体を軽くし、かくしていささか苦労はしたものの、穴から引っ張り出すことができた。取り出した品々はいばらのさなかに置かれ、犬はそれら財宝を守るべく残されて、ジュピターからは、どんなことがあってもその場所を動いてはならぬ、飼い主たちが戻ってくるまで吠えてもならぬと命じられていた。われわれはその木箱を携えて家路を急いだ。小屋にぶじ到着したが、過剰なほどに作業したため、明け方一時になっていた。みんな疲れ切っていたので、並みの人間としてはこれ以上何もできない。二時まで休むと夜食を摂った。そのあとすぐさま丘陵地帯へ引き返すが、こんどは運良く家にあった頑丈な袋を三つ携えた。四時少し前に現場に到着すると、戦利品の残りをわれわれのあいだで等分にし、穴を埋めないまま小屋へ戻り、そこに再び黄金の積荷を降ろした。そのころには日の出の最初の光線が東部の樹木のてっぺんからちらちらと射しこんでいた。

このときわれわれは身も心もへとへとになっていた。とはいえ、このときにはあまりの興奮の渦に巻き込まれていたため、休むことなど許されない。三、四時間のあいだ胸騒ぎのするままにまどろむと、われわれは打ち合わせでもしたかのように起き上がり、財宝を吟味し始めた。

木箱の中にはその縁に至るまで財宝があふれていた。そしてわれわれは丸一日かけて、さらには翌日の夜の大半に至るまで、中身のチェックに余念がなかった。そこには秩序とか配置といったものはなかったからだ。ありとあらゆるものが雑然と山を成していているにすぎなかった。それら財宝のすべてをじっくりと分類しながら、われわれは自分たちが当初考えたのよりはるかに莫大《ばくだい》な財宝を手に入れたことに気がついた。まず硬貨のかたちをしたものだけでも四十五万ドル以上（二〇〇九年現在で推定六十三億円以上）は下らない――これは当時の換算表の尺度で可能な限り正確に硬貨ひとつひとつを計算した結果である。このなかに銀でできたものはひとつもない。すべてが年代物でじつに多様な黄金なのだ――フランス、スペイン、ドイツの貨幣とともにイギリスのギニー金貨が何枚かと、これまでそんな実例は見たこともないような硬貨までいくつか混じっていた。中にはずいぶん大きくてずっしり重い金貨もあったが、あまりにも磨《す》り減っているため、表面に何が彫られているのかわからない。アメリカの貨幣はひとつもなかった。宝石の価値がどれだけのものなのかは、計算するのに苦労した。ダイヤモンドがざくざく出てきて――しかもそのいくつかは極端なまでに大きく美しい――ぜんぶで百十個もあり、そのうちひとつとしてちっぽけなものはない。まばゆいばかりのルビーが十八個、どれもこれも美しいとしか言いようのないエメラルドが三百十個、そしてサファイア二十一個に、オパールが一個。これらの宝石群がすべて、もともと嵌《はま》っていた台座などから外されて、この木箱の中にぶちまけられたというわけだ。それでは台座はどうかというと、ほかの金貨にまじっていたのだが、どうやら金槌《かなづち》でぐちゃぐちゃに叩きのめされており、あたかも正体を隠蔽《いんぺい》しようとしているかのように見える。これらすべての財宝のほかにも、硬質な黄金の装飾品がそこかしこにひしめいていた――巨大な指輪やイヤリングがほぼ二百個、堂々たる鎖が記憶が正しければ三十個、えらくでかくて重い十字架像が八十三個――高価な吊り香炉が五個――ブドウの蔓《つる》とバッコス祭に集う人々のすがたかたちを精妙に彫り込んだ巨大な黄金の大鉢が一個、華麗な彫り細工が施された剣の柄《つか》が二個、そしてほかにも覚えきれないほどの小さな財宝があふれかえっていた。これら貴重品の総重量は三百五十ポンド（約百六十キロ）を超えていたろうか。しかもこの計算のうちには、百九十七個もあるすばらしい金時計を含めていない。このうち三個はまちがいなく、たとえひとつだけでもそれぞれ五百ドル（二〇〇九年現在で推定七百万円）はするだろう。多くはたいそう古いものだから、時計としてはもう役に立たない。メカニズム自体は多かれ少なかれ腐食してしまっているからだ――とはいえ、それらすべてにふんだんに宝石がはめこまれ、豪華なケースにしまいこまれているのである。われわれがその晩、木箱の中の財宝すべての時価を計算して叩き出した総額は、しめて百五十万ドル也（二〇〇九年現在で推定二百十億円）。そして、のちにこまごまとした装飾品や宝石類を処分するときになり（そのいくつかは自分たちのために取りのけておいたのだが）、判明したのは、われわれが財宝全体をずいぶん低く見積もっていたということだった。

ついに財宝の内実を調べ終えて、このときのわくわくするような気分がいくぶん残存しているときに、ルグランはわたしがいったいどうやってこの世にも奇妙な謎《なぞ》を解くことができたのか知りたくてたまらない顔をしているのを見て、いよいよすべての舞台裏を詳述し始めた。

「覚えていると思うけど」とルグラン。「あの晩だよ、ぼくは君に黄金虫のおおざっぱな図解を渡しただろう。さらに、これも覚えているはずだけれど、君はぼくの描いた図解が髑髏《どくろ》そっくりだと言い張るんで、ずいぶん面食らったものだ。君が最初にそう言い出したとき、ぼくは冗談かと思ったんだよ。ところがあとになってあの虫の背中の奇妙な斑点のかたちを思い浮かべてみて、その説もあながち的外れじゃないと認めざるをえなくなった。ぼくの絵が下手だって言われたのはいまでも心外だよ――自分じゃ絵がうまいと思ってるんだからね——だから君が羊皮紙の切れ端をよこしたとき、ぼくはそれをくちゃくちゃに丸めて、怒りとともに火にくべようとしてたんだ」

「紙切れのことだろ」とわたし。

「いいや。紙にそっくりだし、最初はぼくだってそう思ったさ。しかしね、それに絵を描こうとしてすぐわかったんだ、ああこれはとても薄い羊皮紙だとね。相当に汚い代物だったろ。そう、ぼくがまさしくあの切れ端を丸めようとしたとき、きみが見詰めていたあの図解をちらりと見たんだが、そのときたしかに、自分が黄金虫をスケッチしたはずのところに髑髏の絵が浮かび上がって、ぼくがどんなにびっくりしたか、想像がつくと思う。しばらくのあいだ、驚愕のあまり正確にものを考えられなくなっていた。ぼくは自分の絵が細部ではずいぶんちがうと思っていた——もっとも大まかな輪郭という点ではあるていど似ているよ。すぐにぼくは蠟燭《ろうそく》を手に取り、部屋のもう一方の隅に腰掛け、その羊皮紙をじっくりと眺め回した。ひっくり返してみて、ぼくは自分のスケッチが描いたとおりに裏側にあるのを確認した。このとき最初に頭をかすめたのは、その輪郭がじつによく似ているという驚きだった——つまり、ここにはそれまであずかり知らなかった奇妙な偶然の一致があるんだが、じつはぼくが描いた黄金虫の絵のすぐ真下、つまり羊皮紙の裏側にはずばり髑髏の絵が描かれていたのであり、その髑髏が輪郭ばかりでなく大きさにおいても、ぼくの描いた虫の絵にそっくりだということなんだ。ひどく奇妙な偶然の一致なので、しばらくは茫然《ぼうぜん》自失の状態だったよ。この手の偶然の一致が起こると、たいていこういう影響が出る。知性はけんめいになって、いったいどんな因果関係の成せる業なのかを見出《みいだ》そうとするけれど、しょせんはそんな芸当ができるはずもなく、いわば一時的な麻痺《まひ》状態に陥ってしまう。だけどね、いざこの茫然自失から立ち直ったときには、偶然の一致以上に驚くべき確信を得て、だんだん光明が射してきたんだ。ぼくが明瞭《めいりょう》かつ積極的に思い起こそうとしたのは、黄金虫の絵をスケッチしたとき、そこには何ひとつ別の絵なんて描かれちゃいなかったということなんだよ。このことについては、いささかもぶれることはない。というのも、ぼくはまず一方の側をめくってから裏返しにして、どこか絵を描けるきれいな空白部分はないかと探していたんだから。もしもそのとき髑髏が描かれていたりしたら、もちろん見逃すはずもない。ここに、どうにも説明不可能な謎がひそんでいる。とはいえ、それぐらい初期の段階であってさえ、ぼくの知性のいちばん奥深く秘密の部分において、かすかながらひとつのツチボタルめいた真実をめぐる思いが――ゆうべの冒険旅行でみごとなまでに証明された真実をめぐる思いが――ぼんやり光を放っていた。ぼくはすぐにも立ち上がると、その羊皮紙をだいじにしまいこみ、ひとりきりになるまで、いっさいものを考えるのをやめた。

君がすがたを消して、ジュピターもぐっすり眠りこむと、ぼくはまずこの事件について、かなり方法論的に調べ始めた。第一に、いったいどのようにしてこの羊皮紙を手に入れたのかを考えてみたよ。この黄金虫を発見したのは本土の岸辺で、サリバン島から一マイル（約一・六キロ）ほど東へ行ったあたり、高潮線をほんのわずか上回ったあたりだった。捕まえるやいなや、こいつはひどく嚙《か》みついてきたんで、うっかり落としてしまったぐらいだ。ジュピターはいつも警戒を怠らないから、自分のところに飛んできたこの虫をつかむ前に、あたりを見回して葉っぱみたいなものがないかを探し、それを使ってつかみとろうと企《たくら》んだ。ところがまさにその瞬間のことなんだよ、ジュピターの視線もぼくの視線も、当初こそ紙にちがいないと思いこんだ羊皮紙に釘付けになったのは。それは砂浜に半分ほど埋もれていて、角だけ突き出していた。それを見つけた場所の近くには、帆船積載のロングボートと思われるものの船体の残骸が発見された。この難破船はずいぶん長いあいだここに放置されてきたらしい。というのも、ボートの方の木材とは似ても似つかなかったからだ。

さて、ジュピターがその羊皮紙を拾い上げ、黄金虫をその中に包み込んで、こっちへよこした。そしてすぐ、ぼくらは家路に着き、その途上でG——中尉《ちゅうい》に出会い、この虫を見せたところ、彼はぜひとも砦《とりで》へ持っていきたいと言い出した。そして、この虫をさっさとチョッキのポケットにしまいこんだが、しかしそれが包まれていたこの羊皮紙は別だよ。中尉が虫をあれこれ調べている最中も、この羊皮紙だけはずっとこの手に持っていたんだ。たぶん中尉はぼくが心変わりするのを畏《おそ》れていたんだろうね。だからこの獲物をすぐにも確保するのがいちばん、と決め込んだ——わかるかい、このとき中尉は博物学にまつわる話題なら何にでも夢中になっていたんだよ。同時にぼくは、とくに意識することもなく、この羊皮紙をポケットにしまいこんでいたにちがいない。

君は覚えているだろう、ぼくが机に向かって黄金虫の略図を描こうとしたとき、いつものところに紙が見つからなかったのを。引き出しにもなかったんで、ポケットを探れば古い手紙でもないかと思ったところ——例の羊皮紙に行き当たった。こいつをいったいどうやって手に入れたかを、こうしてきっちり話すのは、そのときの状況たるや、特異なぐらいに印象的だったからさ。

きっと君はぼくを空想にばかり浸っている奴《やつ》だと思っているだろうね——だけどぼくはとっくに、このときの発見にひそむ関係性を見つけ出していたんだよ。大いなる鎖のうちふたつの環を結び合わせていた、ということさ。まず海岸には一艘《そう》のボートがうち捨てられており、そこからさほど遠くないところに羊皮紙が——紙ではなく羊皮紙が——落ちていて、そこには髑髏が描かれていた。君はもちろん『いったいそれらふたつのあいだにどんな関係性があるというんだ？』と訊ねるだろうね。それに対してはこう答えるよ、この頭蓋骨、というか髑髏は海賊の有名な紋章なんだ。髑髏の旗はどんな戦闘のときにも高く掲げられているだろう。

　ぼくはさっき、あの切れ端は羊皮紙であって紙ではない、と指摘したね。羊皮紙というのは長持ちするのさ——ほとんど永遠不滅といっていい。時代が移り変われば古びてしまうようなことは、めったに羊皮紙には書き込まれない。というのも、たんにどうということのない絵を描いたりメモをしたりしたいだけなら、紙のほうがずっとましだからだ。こういうふうに考えてくると、髑髏にも何らかの意味が——何らかの妥当なる意味が——見え隠れするだろう。ぼくは羊皮紙そのものの形状も見逃さなかったよ。その角がひとつ何かの事故で損傷しているにもかかわらず、原型は長方形だったことは窺《うかが》い知ることができる。まさにこうした羊皮紙こそは覚書のために——長く記憶され慎重に管理されるべき秘密を記録するために——選び出された可能性が高い」

「そうは言っても」とわたしは異議を唱えた。「君が黄金虫の絵を描いたとき、羊皮紙には髑髏なんて影も形もなかったと言ってたじゃないか。いったいボートと髑髏とのあいだの関係をどう説明するのかね――というのも髑髏のほうは、君自身の話によれば、君が黄金虫を描いたあとの時点で描きこまれたにちがいないんだから――その手段も描き手もわからないにしても」

「うん、まさにこの点にこそ今回の謎全体がひそんでいるのさ。もっともいまの時点であれば、秘密なるものを明かすのにあんまり苦労はないんだけどね。ぼくの採った手続きは確実なものだったから、ひとつの結果だけをもたらす。ぼくの推理は、たとえばこんな具合に展開したんだ。まず、黄金虫をスケッチしたとき、羊皮紙のどこを見ても髑髏なんて存在しなかった。その絵を描き終わったときに、ぼくは羊皮紙を君に渡し、それが戻ってくるまで、君のことをじっくり観察している。だから君が髑髏を描き込んだんじゃないし、誰もあの場でそんなことができる者はいない。だからあの髑髏は人間的主体の手で描き込まれたわけじゃない。にもかかわらず、描き込まれてるんだ。

ここまで考察を進めた段階でぼくがけんめいに思い出そうとしたのは、そしてげんに非常にはっきりと思い出すことになったのは、問題のあの日あの時刻に起こったありとあらゆる出来事だった。天候は凍えるような寒さで（何と珍しく幸福な偶然なんだ！）、暖炉では火があかあかと燃えていた。ぼくは外で身体を動かしてたんでもう温まっていたから、テーブルの近くに腰かけた。ところが君はといえば、椅子《いす》を煙突のそばに引き寄せたね。ぼくが羊皮紙を君の手に置いたまさにそのとき、そして君が羊皮紙をいざ調べようとしているときに、ニューファンドランド犬のウルフが入ってくると、君の肩に飛びついた。君は左手で犬を可愛《かわい》がってやるとやがて遠ざけ、そのあいだ右手はといえば羊皮紙を握ったまま膝《ひざ》と膝のあいだで、それもかなり暖炉の炎に近い位置で、だらんとしていたね。それで炎が羊皮紙に燃え移ってしまうんじゃないか、注意しなくちゃと思った瞬間もあったんだが、そんな忠告をするよりも前に、君は羊皮紙を炎から遠ざけ、じっくり調べ始めた。こうした条件をすべて考え合わせてみて、ぼくは一瞬たりとも、炎の熱こそは羊皮紙に描き込まれた髑髏を明るみに出した元凶だったと、疑わなかった。君はよく知っているだろう、化学的仕掛けというのが存在する、というか大昔から存在してきたわけだが、それを利用すれば、紙の上だろうが羊皮紙の上だろうがものを書きつけて、じっさい何を書いたかは火にかざしたときにだけ読めるようになる。青色顔料の呉須《ごす》を王水で溶解して、その四倍の水で薄めてやるという方法が、ときどき使われる。結果的には緑色の文字が浮き出てくるよ。コバルトを溶かして得られる金属の固まり《レギュラス》を硝酸カリウムの有機溶剤で溶かしてやると、赤い文字が出てくる。こういう色は文字を書き付けた化学的原料が冷えてしばらくすると、遅かれ早かれ消えてしまうんだが、いざ熱をもういちど帯びると再び立ち現れるんだな。

ぼくはその髑髏の絵をじっくり調べてみたよ。その外側の端のほうは――羊皮紙の端にいちばん近い絵の端ということになるが――ほかの部分よりずっとはっきりしている。明らかに熱の作用が不完全というか不揃いだったんだ。ぼくはすぐさま暖炉に火を入れ、羊皮紙のどこもかしこもその熱にかざしてみたよ。最初のうちは、唯一《ゆいいつ》の効果があるとしたら、髑髏を縁取るかすかな輪郭が強まったことだった。ところがこの実験をたゆまず続けていくと、羊皮紙の角、髑髏が描かれている地点と対角を成す角のところに、はじめ山羊ではないかと勘違いしたすがたが浮かび上がってきたんだ。ところが、もっとじっくり見てみると、その絵は子山羊《キッド》を描いているらしいということで納得したよ」

「わっはっは！」とわたし。「たしかにぼくには君を笑う権利はないさ――百五十万ドルものカネをせしめたなんて笑いごとにするには重大問題すぎる――だけど君は因果の鎖のうちで第三の環を見つけようとしてるわけじゃない――海賊と山羊とのあいだには何の関係性も見つかりようがないさ――海賊ってのは山羊なんかと何の関係もないんだから。山羊は農場でこそ働くべきものだから」

「だけどたったいま、この絵は山羊じゃないって伝えたろう」

「ふむ、子山羊《キッド》のすがただってね――それだって、かなりな程度おんなじことさ」

「かなりな程度であって、まったくおんなじってわけじゃない」とルグラン。「キャプテン・キッドという男を知っているだろう。ぼくはこの山羊のかたちを眼にしてすぐ、これは一種の洒落《しゃれ》か象形文字の署名かと思ったよ。いま署名と言ったのは、その羊皮紙における位置というのが原因だ。対角を成す角の髑髏は、同じ具合で、印章か封印みたいな感じだった。でもね、ぼくはといえば、それ以外で肝心なものがぜんぜん見つからないことで狼狽《ろうばい》していた――そう、ぼくが想像した手段に対応する実質がない――文脈《コンテクスト》にふさわしい本文《テクスト》が欠落してるんだ」

「君は髑髏の印章とキッドの署名があるんだから、そのあいだに手紙が見つかるものと期待したわけか」

「まあそんなものかな。じっさいのところ、ぼくにはとんでもない財宝が待ち構えているんじゃないかという予感があったんだ。理由は言えやしない。たぶん、つまるところそれは現実的な信念というよりも欲望だったんだろう。だけどさ、ジュピターがうっかり口走ったろう、この虫はその全身が硬質の黄金でできていると――それがぼくの空想をえらく刺激したのを知っているかい？　かてて加えて、偶然や奇遇がつぎつぎに起こった――それはもう常軌を逸していたよ。君にはこれが純然たる偶然と思えるかね、これらの出来事が一年の中でもたった一日のうちに起こるなんてことが？　しかもその一日は、火を焚《た》かなくちゃならないぐらいにじゅうぶん寒く、しかもその炎がなかったら、あるいはまさしくそのタイミングで犬が登場してなかったら、ぼくはその髑髏にも気づかず、ということは財宝の所有者にもなれなかったはずなんだから」

「まあ続けろよ――最後まで聞いてやる」

「ああ。君はもちろん、巷《ちまた》にあふれる多くの噂《うわさ》を聞いてるよね――キャプテン・キッドとその一味が大西洋岸のどこかに埋めた財宝に関する無数の曖昧《あいまい》な噂を。これらの噂には現実的な根拠があったにちがいない。そして噂がいつまでもずっと囁《ささや》かれ続けてきたということは、ぼくにしてみれば、まだまだ掘り起こされず埋まったままの財宝が残っているためなんじゃないかと思われた。キャプテン・キッドが自分の略奪品をしばらくのあいだ隠しておいて、そのあとちゃんともういちど掘り返したのであれば、噂がいまみたいな一定のかたちで伝わってくるなどということはほとんどあるまい。調べてみれば、これらの噂のぜんぶがぜんぶ、財宝探求者たちに関するもので、財宝発見者たちのものではないことに気づくはずだ。海賊が財宝をきちんと取り返していたら、こういう問題自体が泡と消えていたろう。たぶん、何らかの事件が起こって——つまり財宝のありかを示す覚書を失くしてしまって——海賊は財宝を取り戻す手段を奪われたんじゃないか、そしてこの事件が彼の追従者たちに知られてしまったんじゃないだろうか。この追従者たちというのは、事件さえ起こらなければ、そもそも財宝が隠されているなんてことを知りもしない連中だよ。そしてこいつらこそが、切磋《せっさ》琢磨《たくま》してもけっきょく無駄なことではあったんだが、今日流通している噂を生み出し、広く流通させたんじゃないかな。これまでこの海岸で何かしら重要な財宝が発掘されたなんて話を耳にしたことがあるかい？」

「いいや」

「しかしね、キャプテン・キッドが相当な財宝を蓄えていたことはよく知られているんだ。だからぼくは、それらがまだ埋まってるにちがいないと考えた。したがって、こんな言い方をしても驚くことはあるまい——ぼくはね、ずいぶんおかしな経路で手に入った羊皮紙の中にこそ埋蔵場所をめぐる失われた記録があるはずだという、限りなく確信に近い望みを抱いたんだ」

「だけど、いったいどうやって推理したんだ？」

「この羊皮紙をもういちど火にかざしてみたんだよ、熱を強めたあとにね。ところが何にも起こらなかった。そこには多少泥がついて汚れていたから、それが敗因じゃないかと考えた。そこでぼくは羊皮紙にお湯をかけて丁寧にゆすいで、それが終わると、髑髏の面を下にしてフライパンに入れ、石炭の燃えるかまどの上に置いてみた。すると数分ほどで、フライパン全体が熱を帯びたんで、羊皮紙を取り去ったところ、たとえようもないほどうれしいことに、そのいくつかの場所に数行にわたる文字のようなものが浮き上がってきたんだ。ぼくはもういちどこれを火にかけ、そこであと一分ほど温めた。もういちど取り去ったときには、ごらんのとおりの文面になったんだよ」

ここでルグランは、羊皮紙を温め直すと、それをぼくに渡して調べさせた。はたして髑髏の印章と山羊の署名のあいだには、ざっと以下に書き写すような文字が浮かび上がった。

53‡‡†305))6*;4826)4‡.)4‡);806*;48†8¶60))85;1‡(;:‡*8†83(88)5*†;46(;88*96*?;8)*
‡(;485);5*†2:*‡(;4956*2(5*—4)8¶8*;4069285);)6†8)4‡‡;1(‡9;48081;8:8‡1;48†85;4)
485†528806*81(‡9;48;(88;4(‡?34;48)4‡;161;:188;‡?;

「だけど」羊皮紙を返しながら、わたしは言った。「あいかわらずわかんないな。この謎を解いて初めてあの宝の山に到達するんだとすれば、ぼくには夢のまた夢だ」

「ところがね」とルグラン。「君はたったいま、これらの文字をざっと一読して難しそうだと思ったんだろうが、じつのところは、それほどでもないんだよ。これらの文字はね、すぐに察しはつくだろうが、ひとつの暗号なんだ——つまり文字はひとつの意味を表している。しかしね、キッドについて知られていることから推測するに、奴自身に複雑怪奇な暗号を作る能力があったとは想定しにくい。そこで、ぼくはこう判断したんだ、こいつは単純明快な暗号にちがいないと——しかしね、船乗りの粗雑な知性には、鍵がない限り絶対に解けないたぐいの暗号なんじゃないか」

「そして君はみごとに解いたんだね？」

「お安い御用さ。ぼくはこれより一万倍も難しい暗号をいくつも解いてきたからね。育った環境のせいか、何らかの好みの問題なのか、ぼくはこの手の暗号にはずっと興味があってね。だから人間の知性が同じ人間の知性を上手く働かせても解けないような暗号を作り出せるものなのかどうかは、疑わしく思っている。げんに、これらの文字のうちどれとどれが関連してどう読みうるのかをひとたび確証してしまうと、その意味をあれこれ考えることが難しいなどとは思いもしなくなったからね。

今回の暗号の場合は――これはすべての暗号にあてはまることなんだが――まず問題になるのは暗号言語のことだ。というのもね、解読の原理というのは、とりわけ単純明快な暗号に関する限り、特定の慣用表現がどんな特徴を持っているかで決まるし、そこから変化も生じている。概して、暗号解読というのは、それを試みる人間が知っているだけの言語を（蓋然性《がいぜん》を頼りに）実験してみるしか、正解へ至る道はない。ところが、いま目の前にある暗号の場合は、この署名があることでいっさいの困難を免れている。『キッド』なる単語の洒落は英語でしか成り立たないからね。このことがなかったら、スペイン語やフランス語の可能性を探るところから始めたかもしれない、何しろこの手の暗号がカリブ海の海賊の手に成るものだとしたら、ごくごく自然にスペイン語やフランス語で書いたろうから。しかしじっさいには、この暗号は英語と見るほかない。

まず語と語のあいだに何の切れ目もないのがわかるね。切れ目さえあれば、解読作業はずっとやさしくなる。切れ目を頼りに、短い語の照合や分析から始めて、一文字の単語が判明するだろうから（不定冠詞の『a』とか一人称の『I』とか）、解読に確信をもつようになっていくという手順もありえたろう。だけど今回の場合は切れ目がないんで、まず最初にやるべきなのは、いちばん登場回数の少ない文字とともに、いちばん登場回数の多い記号を確かめることだ。それらすべてを数えたうえで、ぼくはこんな表を作ってみた。

まず、8という数字がいちばん多くて、三十三回登場しているというのを前提に、二位以下はこんな具合だ。左が記号、右が登場回数。

;	=	26
4	=	19
‡)	=	16
*	=	13
5	=	12
6	=	11
†1	=	8
0	=	6
92	=	5
:3	=	4
?	=	3
¶	=	2
—	=	1

さて英語に関する限り、いちばん頻出する文字というのは『e』だね。以下、頻度からするとこんな順番になる——a o i d h n r s t u y c f g l m w b k p q x z。『e』はしかし圧倒的に多い文字だから、いかなる長さの文章でも疎《うと》んじられるなんてことはほぼありえない。

だとすると、まずいちばん初めに、われわれはたんなる当てずっぽう以上の基礎を手にしたわけだ。この表を概してどう使えばいいのかはわかりきっている——しかしね、特殊な暗号においては、こういう表は部分的にしか頼りにならない。ともあれいちばん頻度の高いのは『8』なんだから、まずはこの数字がアルファベットでは『e』にあたる文字だと想定するところから始めよう。この仮説を証明するには、『8』が二つ一組で登場しているかどうかを確認するんだ——というのも、『e』は英語だとじつにしょっちゅう二文字続けて綴《つづ》られるからだ——たとえば『meet』『fleet』『speed』『seen』『been』『agree』といった具合に。今回の暗号では、こういう二文字連続の綴り方は五回も出てくる、暗号本文は短いにもかかわらず、ね。ということで『8』は『e』に決まりだ。さて、英語のすべての単語のうちでいちばんちょくちょく登場する単語は定冠詞の『the』だ。だから、まったく同じ配列の三文字綴りで、しかも最後が『8』で終わってるものが繰り返されてないかどうか確かめるんだ。まさにその配列の三文字が反復されているのを見つけることができれば、それこそが定冠詞の『the』である蓋然性は非常に高い。調べてみると、そういう配列で『;48』と綴る単語が七つもあるのがわかる。したがって、『;』(セミコロン)が『t』にあたり、『4』が『h』にあたり、そしてもちろん『8』が『e』にあたると仮定してかまうまい——こうして『8』についてはじゅうぶん裏付けが取れたことになる。ようやく最初の大きな一歩を踏み出したんだ。

でもね、ひとつの単語がわかってしまうと、非常に重大な問題に向き合うことができる。それはつまり、ほかの単語がどこで始まってどこで終わっているかということだ。たとえば暗号文の終わりのほうに、『;48』の組み合わせが登場する最後から二番目の例にふれてみようか。ぼくらはもうそれに続く『;』はひとつの単語の頭だとわかる。そしてこの定冠詞の『the』の次に来ている六つの記号、そのうち五つは何であるかがわかるね。さてこれらの記号を、すでにぼくらが知っている文字に翻訳して、わからない箇所は空けておくと、こんな連なりが現れる——

『t eeth』

ここで最後の『th』は最初の『t』で始まる単語の部分じゃないのがわかるだろう。というのも、ではこの空欄に来る文字として何がふさわしいのか、アルファベットすべてを代入して実験してみると、『th』が部分を成すような英単語は存在しないのが判明するからだ。こうしてこの単語はこんなふうに短縮される——

『t ee』

そして、もしも必要なら、前と同じく再びアルファベットを精査してみれば、こんどは樹木を意味する『tree』なる単語こそ唯一可能な読み方として確認できる。かくして『tree』なる単語を並べると、『r』の文字が『(』なる記号で表現されているのがわかった。

これらの単語のすぐ先へ進んでみると、再び『;48』の組み合わせが出てくるから、これはそれに先立つ単語が直前で終わっているということだ。すると、こんな解読結果になる——

『the tree ;4(‡?34 the』

あるいは、もうわかっているところも埋めてしまうと、こんなふうになる。

『the tree thr‡?3h the』

さて、もし未知の記号のところを空白にするか点を打つかするなら、こんなふうになるだろう。

『the tree thr...h the』

こうなれば、前置詞の『through』という単語がたちまち浮かび上がる。しかしこの発見で三つの文字『o』『u』『g』が三つの記号『‡』『?』『3』で表現されているのが判明した。

こんどはもうすこし細かく、暗号の中にわかっている記号の組み合わせがないか調べていくと、冒頭からそう遠くないところに、こんな連なりが見つかる。

『83(88』つまり訳せば『egree』

これは明らかに度合を意味する『degree』なる単語の後半部分だよ。だからこれでまたもうひとつのアルファベット『d』の文字が『†』なる記号で示されているのがわかった。

この『degree』の四つ先の記号は、こういう組み合わせになってる。

『;46(;88』

判明済みの記号で翻訳して、不明箇所は前と同じく点を打つことにすれば、こんなふうに読める。

『th.rtee』

こう並ぶとすぐにも連想するのは十三を意味する『thirteen』で、ぼくらはさらにふたつの文字『i』と『n』とがそれぞれ数字の『6』と記号の『*』で表されているのをつかむ。

こんどは暗号文の冒頭を見てみると、こんな組み合わせになってるね——

『53‡‡†』

前と同じように訳してみると、こんな結果になる。

『.good』

だから最初の一文字は不定冠詞の『A』にちがいない。かくして最初の二語は、

『A good』

混乱を避けるために、そろそろ発見事項をまとめて、ぼくらの鍵になるものを表にしてみるのがいいだろう。すると、以下の対応表ができあがる。

a	=	5
d	=	†
e	=	8
g	=	3
h	=	4
i	=	6
n	=	*
o	=	‡
r	=	(
t	=	;

だからぼくらはもう、十を下らないいちばん大切な文字がわかってしまったわけで、これ以上、暗号解読の詳細をくどくど述べ立てる必要はないだろう。すでに説明したから君にもこの手の暗号というのが解読しやすいということを納得してもらえたと思うし、その解釈の原理についても発見があったろう。でも勘違いしちゃいけないよ、いまここにある実例はいちばん簡単な暗号のたぐいにだけあてはまるんだ。さて、これから羊皮紙に書かれた記号群を完全に翻訳して、謎解きと行こう。そら見てごらん」

"A good glass in the bishop's hostel in the devil's seat twenty-one degrees and thirteen minutes northeast and by north main branch seventh limb east side shoot from the left eye of the death's-head a bee line from the tree through the shot fifty feet out."

「それでもさ」とわたし。「この暗号は依然として惨憺《さんたん》たるありさまだと思うよ。『悪魔の玉座』(devil's seat) だとか『髑髏』(death's-head)『主教の宿』(bishop's hostel) だとかいった特殊用語にどんな意味をこじつけるっていうんだい?」

「正直に言おう」とルグランは答えた。「ちょっと眺めただけでは、この問題に関する限り、まだ深刻な側面が手つかずになっている。ぼくが最初に努力したのはね、この文章に暗号製作者が意図したとおりの自然な切れ目を入れることだった」

「句読点をつけるってことか?」

「まあそんなものだ」

「だけど、いったいどうやって?」

「この暗号製作者は、文章を切れ目なしに続けて解読の難易度を上げようと、もともくろんでいたんじゃないかな。さて、鋭敏すぎるわけでもない人間だったら、こういう目的を遂げるためには、ほぼまちがいなく、やりすぎてしまうものだ。文章を書いているうちに、暗号製作者は、ふつうだったら句読点を要する主題上の切れ目に達したが、そのとき彼は、ことここに至って、書き付けた記号群を異常なぐらいに切れ目なくぎっしり組んでみたくてたまらなくなったのさ。今回の場合、原稿を見てみれば、こういう異常な詰め込み方を五カ所でやってるのがすぐわかる。このことをヒントに、ぼくはいまの文章にこんな切れ目を入れてみた――」

“A good glass in the Bishop's hostel in the Devil's seat — twenty-one degrees and thirteen minutes — northeast and by north — main branch seventh limb east side — shoot from the left eye of the death's-head — a bee-line from the tree through the shot fifty feet out.”

（主教の宿にある悪魔の玉座には上等のガラスがある——二十一度十三分——北東で北寄りの方角——東側の主な枝、七番目の大枝——髑髏の左眼から撃て——木から狙撃地点を経て五十フィート（約十五メートル）向こうまで直進せよ）

「こんなふうに分割してもらっても」とわたし。「まだまだわかりづらいなあ」

「これだけじゃ、ぼくだってわからないままだったさ」とルグランが返す。「数日間はね。そのあいだというもの、ぼくはサリバン島の近隣で『ビショップス・ホテル』の名で通っている建物がないかと、ずいぶん念入りに調査をしたんだ。というのも、いうまでもなく『宿《ホステル》』(hostel) なんて廃《すた》れた表現は使わないだろうと思ったからさ。この件については何の情報もなかったから、ぼくはまさしく調査範囲を拡大して、もうすこし体系的にやろうとしていたんだけど、その矢先のある朝、いきなりひらめいたんだよ——『主教の宿《ビショップス・ホステル》』という名称はベソップなる名前で知られる旧家を指してるんじゃないか、とね。ベソップ家だったら、島の北へおよそ四マイル（約六・四キロ）ほど行ったところに、古式ゆかしい荘園領主の邸宅を大昔から所有している。そう思って、さっそくベソップ家の農園へ赴き、そこで働く老黒人たちに訊ねてまわった。とうとう、最長老とおぼしき女性のひとりが口を割ったんだが、『ベソップの城』と呼ばれてる場所なら聞いたことがあるという。しかも、彼女はぼくを案内できるという。ところがそこは城でもなければ宿屋でもない、ただの切り立った岸壁らしい。

わざわざ手間をかけるんだからと謝礼の支払いを申し出ると、彼女はしばらくためらってはいたものの、現地まで同行するのを快諾してくれた。その場所はさほど苦労することもなく見つかったので、彼女には帰るように申し渡し、ぼくは土地の調査を始めた。この『城』は絶壁や岩壁が不規則に組み合わさって出来ており、岩壁のひとつなどは孤立して人工的な外観とともに圧倒的な高さを誇っていた。そのてっぺんまでよじ登ってはみたが、はてさていったい次には何をすべきか、まったくわからなくなってしまった。

ぼくが物思いにふけっていると、岩壁の東の面に狭い岩棚があるのが眼に止まった。ぼくの立っている頂上からは一ヤード（約九十センチ）ぐらい下に降りたところだ。この岩棚は十八インチ（約四十五センチ）ほど突きだしており、一フィート（約三十センチ）の広さしかない。他方、その上の絶壁にある窪《くぼ》みのかたちは、先祖たちがよく使っていた、背がくぼんだデザインのホローバック・チェアを彷彿《ほうふつ》とさせる。だから確信したんだ、ここが暗号文の言及する『悪魔の玉座』なんだと。この時点で暗号の意味する秘密はぜんぶわかったように感じていた。

さて『上等のガラス』というのは、ぼくの知る限り、望遠鏡《テレスコープ》を指しているんじゃないかと思うんだよ。なぜなら、『ガラス』という単語は、船乗りたちが使うとしたら、『ガラスレンズ』つまり望遠鏡以外を意味することはほとんどないからだ。このときぼくにはすぐにわかった、この地点こそは望遠鏡を使うべき場所なのだ、まさにここを決定的な場所として、いささかのぶれもないかたちで、この地点を足場に望遠鏡を使わなければならないのだと。そしてぼくはいささかもためらうことなく確信した、暗号で言う『二十一度十三分』だとか『北東で北寄りの方角』といった表現は望遠鏡のガラスレンズを構えるための方向指示として意図されていたのだと。数々の発見に心躍らせたぼくは、急いで帰宅すると望遠鏡を調達し、岩壁へ戻った。

そして例の岩棚へ降りてみて、そこに坐《すわ》るにはひとつ特定の姿勢を保たない限りは無理だということがわかった。この事実は、ぼくの予想を裏付けてくれた。ここで望遠鏡を持ち出す。もちろん『二十一度十三分』なる表現が暗示しているのは視地平線上の高度だろう。なぜなら、地平線上の方向は『北東で北寄りの方角』なる表現で一目瞭然《りょうぜん》だからだ。ではそれはどちらの方角か、ぼくはすぐ小型羅針盤で確認したよ。そして推測できる限りで、望遠鏡を地平線上二十一度の角度に向け、注意しながら上下に動かしていたところ、ひときわ高く聳《そび》える巨大な樹木の群葉の中に、ひとつ丸い切れ目というか裂け目があるのに気がついた。その裂け目の中央には白い斑点《はんてん》が認められたが、しかし最初のうちは、それがいったい何であるのかまったくわからない。ぼくはもういちど眼を凝らして、ついにその白い斑点が人間の頭蓋骨《ずがいこつ》であるのを確認した。

これを発見した瞬間、ぼくは自信満々になり、暗号がぜんぶ解けたと思ったよ。というのも、『東側の主な枝、七番目の大枝』なる表現は樹上の頭蓋骨のありかを指し示しているのに決まってるし、『髑髏の左眼から撃て』なる表現は、宝探しのうえではたったひとつしか解釈のしようがない。ぼくの見るところ、暗号製作者の意図は頭蓋骨の左眼から銃弾を落とし、直線を、言い換えれば木の幹にいちばん近い地点から『狙撃地点』あるいは着弾地点を経て引いたまっすぐな線を、そこからさらに五十フィート（約十五メートル）ぶんだけ引き延ばしたところこそ決定的地点だということだった――そしてまさしくその地点の真下に財宝が眠っているんだと考えたんだよ」

「君の説明はすべて」とわたし。「あまりにも明晰《めいせき》だよ、知的ではあるけれど、それでも単純明快だ。いったいいつの時点で『主教の宿』を立ち去ったんだい？　また、そのあとはどうなったんだ？」

「うん、その木の方位をしっかり確認してから帰宅したよ。もっとも『悪魔の玉座』を立ち去るやいなや、丸い裂け目は消えてなくなっちゃったけどね。そのあと、ふりかえってみても、まったく見えなくなっていた。この大仕事全体でいちばん知的だと思ったのは、問題の丸い裂け目が岩壁表面の狭い岩棚に立つ以外、ほかのどの地点からも眼にすることができないという事実なんだ（そう、これが事実であることは、何度もくりかえし実験して確信したんだよ）。

　このとき『主教の宿』の探検にはジュピターも連れて行ったんだが、奴《やつ》は疑いなくここ何週間か、ぼくのふるまいが放心状態であるのに気づいて、ひとりにせぬようずいぶん配慮してたよ。でもね、翌朝には早起きして、ぼくは奴をまくと、肝心の木を探しに丘陵地帯へ踏みこんだ。ずいぶん苦労したけど、ついに見つけたよ。晩に帰宅したときには、わが従者はぼくに体罰を加えると言い出す始末だ。このときの冒険の残りがどんなだったかは、君はもう、ぼく自身と同じぐらいによく知ってるよね」

「たぶん」とわたし。「君は肝心の地点を間違えたんじゃないのか、いちばん最初に穴を掘ったとき、ジュピターがまぬけだったんで黄金虫を左眼じゃなく右眼から下へ落としたろう」

「そのとおり。このときのミスで『狙撃地点』を定めるのに二インチ半（約六・三センチ）のズレが生じたんだ――つまりね、木にいちばん近い杭《ペグ》の位置がズレてしまった。もしも財宝が『狙撃地点』の真下にあったら、このときのミスも大した影響はなかったろう。ところが『狙撃地点』というのは、木にいちばん近い地点とともに、糸の方向を決めるための二つの準備段階にすぎない。もちろんこのときのミスは、当初こそいかに些細《ささい》なものであっても、五十フィートも糸を伸ばしていったら、まったくお門違いになってしまう。財宝はこのあたりのどこかに絶対埋まっているんだというぼくの深い信念がなかったら、あれだけの努力もぜんぶ水の泡だったろう」

「ぼくは思うんだが、あの頭蓋骨を使うという、つまり頭蓋骨の眼から銃弾を落とすという奇想は、キャプテン・キッドが海賊の旗を見て思いついたんじゃないかな。彼はこの不吉な紋章を通して財宝を取り戻すという行動に何らかの詩的な論理的整合性を感じていたにちがいない」

「たぶんそうだと思うよ。いまもぼくにはこう思えてならないんだ、今回の問題を解決するには、常識的論理だけじゃなく詩的論理が不可欠だったと。『悪魔の玉座』から見えるためには、対象となる物体が小さくても白くなくちゃならない。そして、ありとあらゆる気候の激変にさらされても白さを保つばかりか増していくのは、人間の頭蓋骨のほかにない」

「だけど君の大言壮語といい、黄金虫を糸で吊るすふるまいといい——あまりにも奇妙じゃないか！　君の頭がイカレたんだと、ぼくは確信してたよ。それに君はいったいなぜ、銃弾じゃなく黄金虫を頭蓋骨から吊るすことにこだわったんだ？」

「うん、正直なところ、君はぼくの正気をあからさまに疑ってたろう。だからぼくなりに、素面《しらふ》でなくちゃできないトリックをちょっぴり仕掛けて煙に巻き、こっそり君にお仕置きしてやろうと決心したのさ。このためにこそ黄金虫をゆらゆらさせて、このためにこそ木から吊り下げてみせたんだ。黄金虫はかなり重いんじゃないかと君が言ったのがヒントになったんだよ、吊り下げることにしたのはね」

「そうだったのか。となるといまひとつだけ悩みの種がある。いったいぜんたい、ぼくらはあの穴で見つけた骸骨たちをどう解釈するべきなんだろうか？」

「その質問には、君がだめなら、ぼくだって答えられないさ。でも、たったひとつだけ辻褄《つじつま》の合う仮説があるよ——とはいえ、ぼくの仮説が前提にしてる残虐《ざんぎゃく》行為を信じるのはおぞましいだろうけどね。はっきりしてるのは海賊キャプテン・キッドが——彼がこの財宝を隠したことは疑いようがないとして——財宝の埋蔵作業をやるのに誰かの助けを借りたにちがいない、ということだ。ところが、まさにこの埋蔵作業が最悪の結末を迎えたんだよ、キッドはこの秘密に加担した連中をすべて消してしまおうと企んだんじゃないかな。手伝いの連中がみんな穴の中で作業にいそしんでいるところに、おそらくは根掘り鋤で一、二発ぶちかませばじゅうぶんだったろう。あるいは十二発ぐらいはぶちかましたかもしれないが——真相はわからんさ」

解説

巽孝之

エドガー・アラン・ポーが残した最大の文学的業績が、今日では探偵小説ないし推理小説、あるいは広くミステリの名で親しまれる文学サブジャンルを創造したことにあるのは、すでに疑うべくもない常識に属する。だが、ここで大急ぎで付け加えなければならないのは、ポーの同時代、十九世紀前半のアメリカにおいては、犯罪小説や猟奇小説こそひしめいてはいたものの、当時はまだ「探偵小説」(detective fiction)なる単語すら生まれておらず、ポー自身はこの新しいジャンルを漠然と「推理能力を中心に展開する小説」の意で「推理小説」(ratiocinative tales)の名で呼んでいた事実だろう(ただしこの英語名称は今日のジャンル名としては残っていない)。そればかりか、ポーがミステリを創始したのは、まったく新しい文学的フロンティアを開発しようと野心満々、意気込んだ成果ではなく、むしろ当世流行ジャンルをさまざまに模倣し融合しては再構成していく実験をくりかえした、それこそ偶然の結果にすぎない。

　じっさいポーという作家は、詩人であり小説家であり批評家であると同時に、当世流行の多様な文学ジャンルが生成していく大渦巻を目の当《ま》たり《あ》にすることのできる雑誌編集者《マガジニスト》であった。後世まで絶大な影響力をもつ短編小説論『ホーソーン「トワイス・トールド・テールズ」評』（一八四二年）において、彼は美を表現する詩の様式と真実を表現する小説を比較し、前者が韻律という制約に縛られる一方、後者はそうした制約のないぶん多様な可能性を秘め、大衆一般にも受け入れられやすいと語る。小説が真実を扱う限り「最も優れた小説のうちには推理小説が含まれる」のは当然であり、さらに小説ならば、テーマを膨らませるのに「思考や表現のじつにさまざまな様式や変化を——たとえば推理や諷刺《ふうし》、ユーモアといったかたちで——利用することができる」というのが、ポーの確信なのである。しかも、自身の編集者であったエヴァート・ダイキンクに対し、ポーは「推理小説ばかりで短編集を編むというのは、私がいかに多様性を持った作家であるかという点をまったく無視しており、決して公平な措置とはいえない」と苦言を呈したこともあった（一八四六年八月九日、フィリップ・ペンドルトン・クック宛の手紙）。

　ポーの小説観がひとつのパラドックスに貫かれているのがわかるだろう。

一方でポーは、小説という様式の本質的な可能性を「推理小説」に求めたが、もう一方で彼は、小説がジャンル論的に変幻自在であるため「推理小説」すらもその一サブジャンルとなりえてしまうことを、誰よりも痛感していたのだ。ポーという作家はまごうことなく「ミステリの父」ではあったが、決して「ミステリ専門の作家」ではありえず、正確を期すなら「小説ジャンルそのものの専門家」であった。

その意味で、第一巻「ゴシック編」が中世以後のヨーロッパ文学の伝統をふまえていたとするなら、ここにお届けする第二巻「ミステリ編」は、十九世紀アメリカの雑誌文学産業《マガジニズム》なくしては成立しなかった革新的な小説観を伝えるだろう。

「モルグ街の殺人」"The Murders in the Rue Morgue"

ある日、パリはモルグ街のとある邸宅で、とある母娘《おやこ》の惨殺屍体《ざんさつしたい》が発見される。警察には不審な点が多すぎて実情が解《げ》せない。そこで名探偵デュパンが登場する。彼は、殺人の残虐《ざんぎゃく》的で奇怪かつ超人的な手口と、それを漏れ聞いた各国籍の証人たちがひとり残らず犯人の声を自分の母国語以外を喋《しゃべ》る外国人のものと決めつけたという事実、加えるに屍体から発見された人間ならざるものの体毛などといった状況証拠から、驚くべき真犯人を探り当てる……。

文学史上の記念碑ともいうべき世界初のミステリは、密室殺人、探偵の名推理、そして意外な犯人像という、以後連綿と継承される約束事をもたらした。したがって、あまりにも有名な真犯人についても、ネタバレを避けるというお約束に従う。

ただし、ひとつだけ参考に供したいのは、ポーがかくも頻繁に美女の死を描いた背後には、北部都市ボストン生まれながら、南部都市リッチモンドで育ったがゆえに、彼には黒人奴隷《どれい》制を肯定する中世的封建主義が、ひいては「真の女らしさ崇拝」を是とする騎士道精神が潜んでいたということだ。時あたかも北部産業資本主義の勃興《ぼっこう》によって、古き良き南部の価値観が問われている最中であった。美女を失う物語は、民主主義ならぬ貴族主義で成り立つアメリカ南部の理念への危機感と、決して無縁ではない。

初出〈グレアムズ・マガジン〉一八四一年四月号。

「盗まれた手紙」“The Purloined Letter”

名探偵デュパンの活躍するシリーズは記念すべき第一作「モルグ街の殺人」（一八四一年）を皮切りに第二作「マリー・ロジェの謎《なぞ》」（一八四二―四三年）へと続き、そして第三作にしてシリーズ中最高傑作と言われる「盗まれた手紙」（一八四四年）で幕をおろす。本短編集で第二作を省いたのは、現実に起こったメアリ・ロジャース事件を作家自身が解決しようと試行錯誤しながらぶざまに失敗しているためである。

さて「モルグ街の殺人」では真犯人に究極の謎が秘められていた一方、「盗まれた手紙」では最初から真犯人は明らかであり、たんに手紙の隠し場所だけが問題になっているように見える。じっさい訳者自身が幼き日にこの作品を初めて読んだとき、手紙の中身をいっこうに明かさないまま、遺失物の正しい探し方だけを指南するような、いとも不可思議な小説のように感じたものだった。今日では、手紙の内容は王妃の禁断の恋愛をめぐるものと推測されているが、さらにそこから浮上するのは、公僕としての警視総監を小馬鹿《こばか》にし、その裏をかく天才的な私立探偵の反骨精神であり、犯人の知性に探偵が自身の知性を重ね合わせるという絶妙なる推理の方法論である。ミステリ史上、盲点原理を導入したまぎれもない傑作でありながら、復讐《ふくしゅう》物語としての隠し味まで仕込まれているのを、どうぞお見逃しなく。

初出〈ギフト〉一八四五年版（一八四四年九月刊行）。

「群衆の人」“The Man of the Crowd”

ミステリ編を謳《うた》う本短編集に、今日ではカフカや安部公房を思わせる不条理風、実存主義風の小説が入っているのを、いささか奇異に思う読者もおられるかもしれない。

収録の理由は、このところ二十世紀前半に活躍したドイツの思想家ヴァルター・ベンヤミンの再評価とともに、彼が「ボードレールにおける第二帝政期のパリ」（一九三八年）で「群衆の人」を「探偵小説の衣裳、つまり犯罪」だけが欠落して「骨組、つまり追跡者、群衆、そしてひとりの未知の男」だけが映し出された「探偵小説のレントゲン写真」にたとえた再解釈が脚光を浴び、まったく新たなポー像が描かれるようになったためである。その最も大きな結実のひとつとしては、わが国を代表するミステリ作家・笠井潔が「デュパン第四の事件」を構想し、一九九六年に画期的な長編小説『群衆の悪魔』を発表したことに求められよう。

「群衆の人」の発表は一八四〇年、最初のミステリたる「モルグ街の殺人」の発表は一八四一年。つまり、まずは遊歩者《フラヌール》がひしめき人間が匿名《とくめい》化してしまう都市小説の原型たる「群衆の人」が書かれていたからこそ、その変型として「探偵小説」すなわちミステリというジャンルが誕生したことを、いま再確認しておきたい。

初出〈バートンズ・ジェントルマンズ・マガジン〉〈グレアムズ・マガジン〉合併号＝一八四〇年十二月号。

「おまえが犯人だ」"Thou Art the Man"

タイトルは旧約聖書サムエル記下の第十二章第七節より。ここで主なる神は預言者ナタンをイスラエルの王ダビデのもとにやり、豊かな男が貧しい男の唯一《ゆいいつ》の財産である雌の子羊を奪い、来賓に供してしまった話をさせる。それをひとつのたとえ話として聞いたダビデは「豊かな男」に対し義憤にかられるが、その瞬間、ナタンはダビデに向かい「その男はあなただ」"Thou *art* the man"と叫ぶ。というのも、まさにダビデこそはヘト人ウリヤの妻を奪って自分の妻とするという悪事を働いたからだ。

ポーはこうした聖書的勧善懲悪を意識しながら、すでに自ら樹立したミステリの約束事をさらにひとひねりし、今日では叙述トリックとして親しまれる手法を編み出した。本作品が「最初の喜劇的探偵小説」(T・O・マボット)とも「探偵小説のパロディ」(ベンジャミン・F・フィッシャー)とも呼ばれ、一種のメタミステリとしての地位を確立して来たゆえんである。

ちなみに中心人物「グッドフェロウ」(Goodfellow)氏のネーミングも皮肉だが、そもそも「ラトルボロ」(Rattleborough)なる市名からして「能天気」(rattle-brain)なスモールタウン共同体の性格を暗示しており、ここには一種のユーモア小説ないしブラックユーモア小説としての隠し味も含まれている。

初出〈ゴディーズ・レディーズ・ブック〉一八四四年十一月号。

「ホップフロッグ」"Hop-Frog"

ミステリ編に本作品を含めるのは、「群衆の人」以上に不可思議に映るかもしれない。だがミステリ第一作「モルグ街の殺人」で真犯人を突き止めた読者は「ホップフロッグ」における国王たちの仮装とのあいだに何らかの因果関係を認めざるを得まい。初出時の正式タイトルが「ホップフロッグ、または鎖につながれた八頭のオランウータン」だったことは何らかの参考になろうか。詳細は拙著『ニュー・アメリカニズム』（青土社、一九九五年）に譲るが、両作品には南北戦争以前のアメリカ南部におけるリンチ形態と奴隷反乱の危機感が反映していることだけは指摘しておく。

もちろん、「ホップフロッグ」はいっさいの時代や国家を特定しておらず、結末はほとんど童話的である。にもかかわらず、この作品を一種のミステリと捉《とら》えたい理由は、ひとつには主人公の道化が試みる犯罪がとてつもなく精緻《せいち》な芸術とすら呼べる域に達していること。そしてもうひとつには、このとき彼の陰謀を見抜けずまんまとカモにされる国王たちは、まさしく巧妙なるトリックに翻弄《ほんろう》されるミステリ読者の立場を代表しているように見えることだ。ホップフロッグとトリッペッタには、旅役者であったポーの両親像がいくぶん反映しているのかもしれない。あるいは、スチュアート・レヴァインも言うように、むりやり酒を飲まされて狂気の犯罪芸術を仕立て上げるホップフロッグには、ポーその人の最晩年における自己弁明も刷り込まれているのかもしれない。だがそれ以上に、「盗まれた手紙」と同じく、本編が優れた陰謀小説とともに復讐小説になっていることを忘れるわけにはいかない。

初出〈フラッグ・オヴ・アワ・ユニオン〉一八四九年三月十七日号。

「黄金虫」"The Gold-Bug"

デュパンものには属さないものの、それに勝るとも劣らぬ人気を博して来たミステリこそは、この暗号小説である。海賊の残した暗号を読み解く宝探しの小説が、最終的に新聞の懸賞小説の当選作となり賞金百ドルをせしめ、もうひとつの宝を掘り当てたことは、愉快な奇遇と呼ぶほかはない。ポーの若き盟友たる同時代のベストセラー作家ジョージ・リッパードは、こう絶賛している。「ポー氏の『黄金虫』は、スリリングな傾向といい粗削りにせよ視覚的な描写といい、この才能あふれる作者の評判のスタイルがいかんなく発揮された短編である。ポーの中でも最高傑作のひとつだろう」（〈シティズン・ソルジャー〉紙一八四三年六月二十八日付）。

当時は、一八三七年の経済恐慌の煽《あお》りで銀行の正貨支払いができなくなり小額紙幣を発行するしかなくなっていた。そんな事態を承《う》け、紙幣を擁護する人々が金貨にこだわる人々を「黄金虫」（gold bug）と呼び、金貨を擁護する人々が紙幣にこだわる人々を「詐欺師《さぎし》」（humbug）と呼んでいた。この作品が一年足らずで三十万部を売り上げ、ポー文学のうちでも「最も成功した小説」となり、作家存命中唯一の舞台化も実現したのは、そんな大不況下の時代精神に鋭く訴えたためであろう。

初出〈ダラー・ニューズペーパー〉一八四三年六月二十一日号&二十八日号に分載、同紙同年七月十二日号の〈付録〉に完全版が一挙掲載。

（二〇〇九年三月）

年譜

一八〇九年　一月十九日、エドガー・ポー（Edgar Poe）はシェイクスピアを中心に演じる旅役者デイヴィッド・ポーとエリザベス・アーノルド・ホプキンスの次男としてアメリカ合衆国マサチューセッツ州ボストンに生れる。兄ウィリアム・ヘンリー・レナードは一八〇七年生れ、妹ロザリーは一八一〇年生れ。

一八一一年　二歳　十二月八日、ヴァージニア州リッチモンドで母を失う。すでに父は行方知れず、数日後、同じ町でタバコなどを扱う裕福な商人ジョン・アラン夫妻にひきとられ、エドガー・アラン・ポー（Edgar Allan Poe）となる。ただしアランはとうとう彼を正式な養子として入籍しなかったので、法律上は「アラン」は記されない。

一八一五年　六歳　七月二十日、アラン夫妻に伴われてイギリスへ渡る。

一八一七年　八歳　ロンドンの近郊ストーク・ニューイントンにあるジョン・ブランズビー牧師の学校に通う。ここでの経験がのちの短編「ウィリアム・ウィルソン」に活かされる。

一八二〇年　十一歳　七月二十一日、養父母とともにニューヨークに着き、八月二日、リッチモンドへ戻る。

一八二一年　十二歳　翌年の十二月までクラーク学校に通う。

一八二二年　十三歳　詩作開始。将来の妻となる従妹のヴァージニア・クレムがメリーランド州ボルチモアに生れる。

一八二三年　十四歳　四月一日、ウィリアム・バーク学校に入る。年下の学友ロバート・スタナードの母ジェーンを知り、その美しさに陶酔、翌年には彼女の死を悼《いた》んで初期の名詩「ヘレンに」（一八三一年）を書く。ただし晩年の恋人セアラ・ヘレン・ホイットマン夫人のことを謳《うた》った同題の詩（一八四八年）も存在する。

一八二五年　十六歳　近くに住む初恋の少女セアラ・エルマイラ・ロイスターと交わり秘かに婚約するも、彼女の父親の反対に遭い破談に終る。養父ジヨン・アラン、伯父ウィリアム・ゴルトの死に際して莫大な遺産を手にする。

一八二六年　十七歳　二月十四日、ヴァージニア大学入学。古典語や近代語では優秀な成績を収めるも、賭博《とばく》に手を出し大きな借金をつくり、養父の援助を仰いだが無駄であった。

一八二七年　十八歳　三月二十四日、養父との不和のためリッチモンドを去り、四月七日、ふるさとのボストンに帰る。五月二十六日、エドガー・A・ペリー（Perry）と名を変えて合衆国陸軍に入隊し、ボストン港内のインデペンデンス要塞《ようさい》に配属。十一月八日から十八日まで部隊とともにサウスカロライナ州チャールストン港内のモールトリー要塞へ移動する。「一ボストン人」の名で最初の詩集『タマレーンそのほか』をボストンで出版。

一八二八年　十九歳　十二月十一日から十五日までヴァージニア州モンロー要塞に駐留する。

一八二九年　二十歳　一月一日、特務曹長に昇進する。二月二十九日、慕っていた養母のフランシス・アランを失う。四月十五日、除隊。十二月、第二の詩集『アル・アーラーフ、タマレーンほかの小詩』を本名でボルチモアの一出版社から刊行する。

一八三〇年　二十一歳　六月、ウェスト・ポイント陸軍士官学校入学。十月五日、養父ジョン・アランがニュージャージー出身のルイーザ・パターソンと再婚。翌年、アランとルイーザとのあいだに嫡子《ちゃくし》が生れたことも手伝い、以後のポーは実質上、この養父から切られてしまう。

一八三一年　二十二歳　詩作を続けているうちに学校生活が耐えがたくなり、故意に軍務を怠ったために放校処分となるが、その時を待つことなく、二月十九日、士官学校を去る。夏、ニューヨークを経てボルチモアへ行き、祖母と叔母、従妹、兄たちとともに暮らす。八月、兄ヘンリーを失う。

一八三二年　二十三歳　雑誌『フィラデルフィア・サタデー・クーリア』の懸賞に応募したところ、賞は逸するが一月に「メッツェンガースタイン」が発表され、つづいて他も掲載される。ボルチモアにて短編執筆。

一八三三年　二十四歳　雑誌『ボルチモア・サタデー・ヴィジター』の懸賞に短編「壜《びん》の中の手記」が当選、賞金五十ドルを獲得、同誌十月十九日号に掲載される。このころ作家ジョン・ペンドルトン・ケネディと会う。
一八三四年　二十五歳　三月二十七日、養父ジョン・アランが死去。しかし彼の遺言状にポーの名はなかった。
一八三五年　二十六歳　二月、ケネディの紹介により、雑誌ブームに乗じて創刊されたリッチモンドの新雑誌『サザン・リテラリー・メッセンジャー』に短編「ベレニス」を、翌月、短編「モレラ」を発表し、たちまち同誌がホームグラウンドとなる。そればかりか八月、同誌発行人トマス・ホワイトより同誌の編集への助力を求められ、ボルチモアを離れリッチモンドへ移り、同誌編集に携わる。十月三日、叔母マライア・クレム夫人、娘ヴァージニアを伴ってリッチモンドに移り住み、ポーと同居開始。
一八三六年　二十七歳　五月十六日、まだ十三歳八ヵ月であったヴァージニアと結婚する。懸案の短編集企画『フォリオ・クラブの物語』は、出版社がとうとう見つからず断念。
一八三七年　二十八歳　一月三日、ホワイトに解雇されるも、『サザン・リテラリー・メッセンジャー』に中編小説「ナンタケット島出身のアーサー・ゴードン・ピムの体験記」を二回連載。家族とニューヨークに出る。職を求めるが徒労に終る。
一八三八年　二十九歳　七月、『ナンタケット島出身のアーサー・ゴードン・ピムの体験記』をニューヨーク市のハーパーズ社から出版。家族でフィラデルフィアへ向い、苦難を忍ぶ。短編「ライジーア」を発表。
一八三九年　三十歳　年のはじめに教科書用として『貝類学入門』を出版。五月、『バートンズ・ジェントルマンズ・マガジン』の編集部に採用される。短編「使い切った男」「アッシャー家の崩壊」「ウィリアム・ウィルソン」などを同誌に発表。同年末、これまでの短編を集めた二巻本の『グロテスク・アラベスクの物語』を出版する。
一八四〇年　三十一歳　自分の新雑誌『ペン(Penn)』創刊を画策。「群衆の人」を『グレアムズ・マガジン』創刊号に発表。
一八四一年　三十二歳　四月、前記『バートンズ・ジェントルマンズ・マガジン』を合併した『グレアムズ・マガジン』の編集長となり、同誌の部数を五千から一挙に三万七千に躍進させる。短編「モルグ街の殺人」「大渦巻への落下」その他を同誌に発表。のちに自身の遺著管理人となるルーファス・グリズウォルドと出会う。この年、暗号学や署名学への関心を深める。

一八四二年　三十三歳　一月、ヴァージニアが歌を歌っている最中に血管を破裂させ、結核の徴候を示す。五月、『グレアムズ・マガジン』を退く。「マリー・ロジェの謎」を書く。年末に出る年刊誌『ギフト』一八四三年版に短編「落とし穴と振り子」を寄せる。

一八四三年　三十四歳　一月、理想の文芸雑誌『スタイラス』を企てるが失敗。六月、フィラデルフィアの『ダラー・ニューズペーパー』の懸賞に短編「黄金虫」を投じ、当選して賞金百ドルを獲得。再版が繰り返されるとともに舞台化され、文名を上げる。八月、雑誌『ユナイテッド・ステイツ・サタデー・ポスト』に短編「黒猫」を発表。

一八四四年　三十五歳　四月七日、家族とともにフィラデルフィアからニューヨークへ転じる。新聞『ニューヨーク・サン』四月十三日号号外として虚実取りまぜた「軽気球奇譚」を発表、たちまち売り切れダフ屋まで出るなど、一大センセーションを巻き起こす。九月、『ギフト』一八四五年版に短編「盗まれた手紙」を発表。十月、新聞『イヴニング・ミラー』の編集に参加。妻は衰弱の一途を辿る。

一八四五年　三十六歳　一月二十九日、詩「大鴉《おおがらす》」を『イヴニング・ミラー』に載せ、大評判に。三月八日、週刊誌『ブロードウェイ・ジャーナル』の編集に加わり、のち十月二十四日、その所有者兼編集長となる。

一八四六年　三十七歳　一月三日、『ブロードウェイ・ジャーナル』廃刊。このころ、妻ヴァージニアとともにポー自身も健康を損ない、財政状態も最悪に。四月、名詩「大鴉」の執筆過程を一見合理的に明かしたトリッキイな評論「創作の哲理」を『グレアムズ・マガジン』に発表。五月、人物評シリーズ「ニューヨークの文人たち」を、フィラデルフィアの『ゴディーズ・レディーズ・ブック』誌に連載開始。このころニューヨークの郊外フォーダム（Fordham）へ引っ越す。

一八四七年　三十八歳　一月三十日、ヴァージニアが結核のためこの世を去る。三月、短編「アルンハイムの地所」を『コロンビアン・レディーズ&ジェントルマンズ・マガジン』に発表。十二月、ヴァージニア追悼の意味合いも含む詩「ユーラリューム」を発表。

一八四八年　三十九歳　二月三日、散文詩というふれこみで宇宙創成論『ユリイカ』(*Eureka*「われ発見せり」の意)を書き、ニューヨークで朗読会。妻ヴァージニアの死については深い悲しみを覚えていたものの、九月には六歳年上の未亡人セアラ・ヘレン・ホイットマンと交際を始め、十月には既婚者のアニー・リッチモンド夫人に自分の最期を見届けるよう約束を交わす。

一八四九年　四十歳　四月、詩「エルドラド」をボストンの週刊誌に発表する。六月三十日、新しい雑誌の創刊を促進するため、ニューヨークをあとにリッチモンドへ。ブラックユーモアに満ちた短編「ホップフロッグ」をフィラデルフィアの『フラッグ・オヴ・アワ・ユニオン』三月十七日号へ寄稿。五月、イリノイ州の印刷業者エドワード・ハワード・ノートン・パタソンの申し出により懸案の『スタイラス』誌創刊援助が確定し、ポーは前渡し金五十ドルを請求する。七月十三日、リッチモンドに着き、かつて十代のときの恋人で今は未亡人となったセアラ・エルマイラ・ロイスター・シェルトンと再会。八月十七日、同地を皮切りに「詩の原理」についての講演旅行。禁酒同盟に加入し、セアラ・シェルトンからは結婚の受諾を得て、結婚式に参列してもらうため叔母を迎えにニューヨークに向かう。新雑誌創刊も初恋の女性との結婚もすべて準備万端、これからまさに順風満帆というところであった。

十月三日、ボルチモアの選挙投票所に使われた酒場の前で、おそらくは政治的謀略に引っかかり酒を飲まされたのだろう、意識不明になっているところを発見される(錯乱状態でふらついているところを目撃した者は、ポーが「レナルズ!」と人名を叫んでいたと報告している)。ただちにワシントン大学病院にかつぎこまれるも、意識はとうとう戻らず、十月七日(日曜日)の朝五時に没。享年四十。名詩「鐘」と「アナベル・リー」は死後、同年暮れに発表された。

ポーの最期についてはあまりにも謎が多く、いまもそれを再解釈し、物語化しようと思索をたくましくする現代文学には、ルーディ・ラッカーの『空洞地球』（一九九〇年）やスティーヴン・マーロウの『幻夢——エドガー・ポー最後の五日間』（一九九五年）、マシュー・パールの『ポー・シャドウ』（二〇〇六年）など枚挙にいとまがない。

巽孝之編

ポー
巽 孝之 訳

黒猫・アッシャー家の崩壊
―ポー短編集Ⅰ ゴシック編―

昏き魂の静かな叫びを思わせる、ゴシック色、ホラー色の強い名編中の名編を清新な新訳で。表題作の他に「ライジーア」など全六編。

阿部 保 訳

ポー詩集

十九世紀の暗い広漠としたアメリカ文化の中で、特異な光を放つポーの詩作から、悲哀と憂愁と幻想にいろどられた代表作を収録する。

カポーティ
村上春樹 訳

ティファニーで朝食を

気まぐれで可憐なヒロイン、ホリーが再び世界を魅了する。カポーティ永遠の名作がみずみずしい新訳を得て新世紀に踏み出す。

サガン
河野万里子 訳

悲しみよ こんにちは

父とその愛人とのヴァカンス。新たな恋の予感。だが、17歳のセシルは悲劇への扉を開いてしまう――。少女小説の聖典、新訳成る。

ヘミングウェイ
高見 浩 訳

移動祝祭日

一九二〇年代のパリで創作と交友に明け暮れた日々を晩年の文豪が回想する。痛ましくも麗しい遺作が馥郁たる新訳で満を持して復活。

ジョイス
柳瀬尚紀 訳

ダブリナーズ

20世紀を代表する作家がダブリンに住む人々を描いた15編。『フィネガンズ・ウェイク』の訳者による画期的新訳。『ダブリン市民』改題。

J・アーヴィング
筒井正明訳
ガープの世界
全米図書賞受賞（上・下）

巧みなストーリーテリングで、暴力と死に満ちた世界をコミカルに描く、現代アメリカ文学の旗手J・アーヴィングの自伝的長編。

J・アーヴィング
中野圭二訳
ホテル・ニューハンプシャー（上・下）

家族で経営するホテルという夢に憑かれた男と五人の家族をめぐる、美しくも悲しい愛のおとぎ話――現代アメリカ文学の金字塔。

P・オースター
柴田元幸訳
ガラスの街

透明感あふれる音楽的な文章と意表をつくストーリー――オースター翻訳の第一人者によるデビュー小説の新訳、待望の文庫化！

P・オースター
柴田元幸訳
幽霊たち

探偵ブルーが、ホワイトから依頼された、ブラックという男の、奇妙な見張り。探偵小説？哲学小説？ '80年代アメリカ文学の代表作。

P・オースター
柴田元幸訳
孤独の発明

父が遺した夥しい写真に導かれ、私は曖昧な記憶を探り始めた。見えない父の実像を求めて……。父子関係をめぐる著者の原点的作品。

P・オースター
柴田元幸訳
ムーン・パレス
日本翻訳大賞受賞

世界との絆を失った僕は、人生から転落しはじめた……。奇想天外な物語が躍動し、月のイメージが深い余韻を残す絶品の青春小説。

C・ドイル
延原謙訳

シャーロック・ホームズの冒険

ロンドンにまき起る奇怪な事件を追う名探偵シャーロック・ホームズの推理が冴える第一短編集。「赤髪組合」「唇の捩れた男」等、10編。

C・ドイル
延原謙訳

シャーロック・ホームズの帰還

読者の強い要望に応えて、作者の巧妙なトリックにより死の淵から生還したホームズ。帰還後初の事件「空家の冒険」など、10編収録。

延原謙訳

ドイル傑作集（I）
——ミステリー編——

奇妙な客の依頼で出した特別列車が、線路上から忽然と姿を消す「消えた臨急」等、ホームズ生みの親によるアイディアを凝らした8編。

フィッツジェラルド
野崎孝訳

フィッツジェラルド短編集

絢爛たる'20年代、ニューヨークに一世を風靡し、時代と共に凋落していった著者。「金持の御曹子」「バビロン再訪」等、傑作6編。

大久保康雄訳

スタインベック短編集

自然との接触を見うしなった現代にあって、人間と自然とが端的に結びついた著者の世界は、その単純さゆえいっそう神秘的である。

G・G=マルケス
野谷文昭訳

予告された殺人の記録

閉鎖的な田舎町で三十年ほど前に起きた幻想とも見紛う事件。その凝縮された時空に共同体の崩壊過程を重層的に捉えた、熟成の中篇。

新潮文庫最新刊

畠中恵著
むすびつき
若だんなは、だれの生まれ変わりなの？　金次との不思議な宿命、鈴彦姫の推理など、輪廻転生をめぐる5話を収録したシリーズ17弾。

島田雅彦著
カタストロフ・マニア
地球規模の大停電で機能不全に陥った日本。原発危機、感染症の蔓延、ＡＩの専制……人類滅亡の危機に、一人の青年が立ち向かう。

千早茜著
クローゼット
男性恐怖症の洋服補修士の纏子、男だけど女性服が好きなデパート店員の芳。服飾美術館を舞台に、洋服と、心の傷みに寄り添う物語。

本城雅人著
傍流の記者
組織の中で権力と闘え!!　大手新聞社社会部を舞台に、鎬を削る黄金世代同期六人の男たちの熱い闘いを描く、痛快無比な企業小説。

柿村将彦著
隣のずこずこ
日本ファンタジーノベル大賞受賞
村を焼き、皆を丸呑みする伝説の「権三郎狸」が本当に現れた。中三のはじめは抗おうとするが。衝撃のディストピア・ファンタジー！

塩野七生著
小説　イタリア・ルネサンス3
―ローマ―
「永遠の都」ローマへとたどりついたマルコ。悲しい過去が明らかになったオリンピアとの運命は、ふたたび歴史に翻弄される――。

新潮文庫最新刊

紙木織々著
それでも、あなたは回すのか
課金。ガチャ。炎上。世界の市場規模が7兆円を突破し、急成長するソーシャルゲーム業界、その内幕を描く新時代のお仕事小説。

谷　瑞　恵　著
額装師の祈り
奥野夏樹のデザインノート
婚約者を喪った額装師・奥野夏樹。彼女の元へ集う風変わりな依頼品に込められた秘密とは何か。傷ついた心に寄り添う五編の連作集。

堀江敏幸
角田光代著
私　的　読　食　録
小説、エッセイ、日記……作品に登場する様々な「食」を、二人の作家は食べ、味わい、読み尽くす。全ての本好きに贈る極上の散文集。

山田ルイ53世著
一発屋芸人列伝
編集者が選ぶ雑誌ジャーナリズム賞受賞
ブームはいずれ終わる。それでも人生は続く。一発屋芸人自ら、12組の芸人に追跡取材。それぞれの今に迫った、感涙ノンフィクション。

J・アーチャー
戸田裕之訳
レンブラントをとり返せ
―ロンドン警視庁美術骨董捜査班―
大物名画窃盗犯を追え！　新・警察小説始動!!　手に汗握る美術ミステリーは、緊迫の法廷劇へ。名ストーリーテラーの快作！

H・P・ラヴクラフト
南條竹則編訳
狂気の山脈にて
―クトゥルー神話傑作選―
古き墓所で、凍てつく南極大陸で、時空の狭間で、彼らが遭遇した恐るべきものとは。闇の巨匠ラヴクラフトの遺した傑作暗黒神話。

Title : THE MURDERS IN THE RUE MORGUE / THE GOLD-BUG
Author : Edgar Allan Poe

モルグ街《がい》の殺人《さつじん》・黄金虫《こがねむし》

—ポー短編集II　ミステリ編—

新潮文庫　ホ－1－5

Published 2009 in Japan
by Shinchosha Company

平成二十一年五月一日発行
令和二年十二月五日十刷

訳者　巽《たつみ》孝《たか》之《ゆき》

発行者　佐藤隆信

発行所　株式会社新潮社

郵便番号　一六二―八七一一
東京都新宿区矢来町七一
電話　編集部(〇三)三二六六―五四四〇
　　　読者係(〇三)三二六六―五一一一
http://www.shinchosha.co.jp

価格はカバーに表示してあります。

乱丁・落丁本は、ご面倒ですが小社読者係宛ご送付ください。送料小社負担にてお取替えいたします。

印刷・株式会社三秀舎　製本・株式会社植木製本所

ISBN978-4-10-202805-6 C0197